機場時光

空港時光

温文柔

温文柔

Wen Yuju

黃耀進 譯

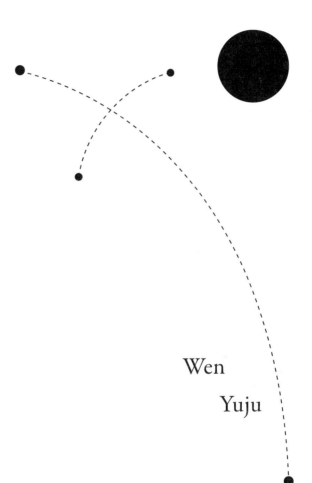

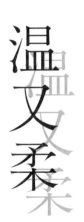

台灣版序

國際機場這個場域總是牽動我心的理由

作為本書終於在台灣展開旅程的祝福

「最終，妳的故鄉，究竟是日本或是台灣？」

從以前開始，我便習慣了這類對「故鄉」的提問。那一天也是，我被問到相同性質的「妳的故鄉是哪裡？」這個問題。就在那個時候，我腦中靈光一閃。

「機場，對我而言或許就是那樣的地方吧。」

提問者對於這個回答似乎有點不知所措。恐怕他想問的，是我覺得日本和台灣何者才是故鄉吧。不過當脫口說出「機場」這個答案後，心中突然興起了無法遏抑的衝動，好似我終於找到答案一般。「往來生活於日本和台灣兩國的妳，故鄉在何方？」被問及這個問題時，自己心中反覆思考，想要找出最接近正確的解答，而不知從何時開始，我終於追尋到了這個答案。

「或許，對我而言可稱為故鄉的地方，就是機場。」

如何定義故鄉，大概因人而異。然而就我個人而言，那既非台灣也非日本，真要說的話，肯定是兩者的中間地帶——機場。自從如此回答以後，我似乎一直這麼覺得。

我，在反覆「回國」到台灣和「再入國」（再入境）到日本中長大成人。幼年時期於父母的照顧下，我和比我小五歲的妹妹有時心中抱著再過不久便可和祖父母、親戚們見面的歡愉預感，有時又抱著剛和堂、表兄弟姊妹們團圓後的歡欣餘韻，在機場度過生命中的時光。對我而言，所謂的「機場」，除了代表連結台灣（台北）和日本（東京）的空間，也代表想著台灣而與家人幸福共度的時間。

可是過了二十歲以後，我陷入雖然身為台灣人卻無法說好中文，與只能使用日語卻不是日本人的兩難困境裡，立足於兒時讓我如此歡欣的機場，卻每每陷入了極其複雜的心境。首先，在台灣的機場時，我以身為國民的身分「回國」，卻無法流暢地使用母語——中文，對於這樣的自我感到莫名地羞恥，不知為何，我會對真正的台灣人浮現出一股內疚的心情。反之，在日本的機場時，除了日語幾乎不會使用其他語言、無限接近日本人的自己，卻不被視為「日本人」，必須使用說來仍舊被當作是「外國人」的「再入國者」身分「入境」長年居住的日本，對於這樣的情況，我又抱持著一種疏離感。重點在於，無論是對日本或是對台灣，我都在不同的理由下，無法直言是自己的「祖國」。

就在這種互相拉扯的迷惘感受中，到了快三十歲的某一天，當我居住台北數日後返回羽田機場時，看到機場牆壁上裝飾著「Welcome to JAPAN」、「欢迎光临」、「歡迎光臨」、「잘 오셨습니다」等各種語言的文字，來迎接蒞臨東京的訪日旅客，當下我發現了自己最熟悉的一種文字。

おかえりなさい（您回來啦）

其中英語、中文、韓語都具有「歡迎」的意思，只有日語帶著「終於回家了呀」的含意。如此尋思之際，內心便有一股安穩的感受蔓延開來。暫時沉浸於這種新鮮的情感之後，我察覺到自己那與其說回到日本，不如說回到了日語般的心情。在體悟到這種感情的瞬間，似乎也感受到了一股希望的象徵。我更確信自己終究是在此般感情的引領下，安居在日語當中。

以「機場時光」為名的這本書中所收錄的十篇短篇小說，都是在撰寫前一部作品《中間的孩子們》時構思的。我想要嘗試以既是出發地、又是目的地的機場為舞台，通過描繪不同年齡、性別以及國籍的各種人們，在這個日本和台灣中間的場域表現我心目中的「日本」和「台灣」。並且我從最初便決定，最後一篇故事的主述者，將和我一樣，是在不斷反覆「回國」到台灣和「再入國」到日本中長大的角色。

本書中收錄的作品，僅有〈邁向聲音的彼方〉一篇為非虛構作品，撰寫時期也早在二〇一二年，與其他十篇作品有著數年的時差。重新閱讀這篇連自己也差不多遺忘了的紀行散文時，察覺和自己剛寫迄、圍繞著機場的十篇短篇小說有著驚人的共鳴，故將此文也收錄在本書之中。

我一直記得讀過這本書的友人所說的一句話：

「這本書，好像是溫又柔寫給台灣的情書呢。」

確實如此，這本書書寫了我是如何看待台灣的。「台灣，比（你）我所想的更加廣大、更加複雜，也正因為如此，才成就了這個豐饒的場域呀。」

「對身為日本人的我而言，妳筆下的日本讀來新鮮有趣，相信對台灣讀者來說，既是台灣人又是日本人的妳所描寫的台灣，也會讓他們感受到特別的魅力。」這位友人自信滿滿地斷言，讓我的內心充滿了欣喜。

由我的盟友黃耀進所翻譯的《機場時光》，終於「抵達」了台灣。在這個當下，我也懷抱緊張的心情，祈禱著友人的這番感想不會僅僅在她和我之間終結，期待這樣的夢想能散播、投遞到更多讀者的心中。

二〇一九年六月吉日

於摻雜著台灣風情的初夏之風中，氣氛爽朗的東京

温又柔

目次

*原文以拼音表現之處，原則上改以注音符號表示
*原文以片假名拼音中文之處，以斜體注音表示
*原文為中文的句子以斜體表示
*原文以中文表現姓名的部分較多，為不妨礙閱讀，將不特別以斜體處理
*原文以片假名書寫閩南語之處以羅馬拼音表示，後加括弧以中文說明

機場時光

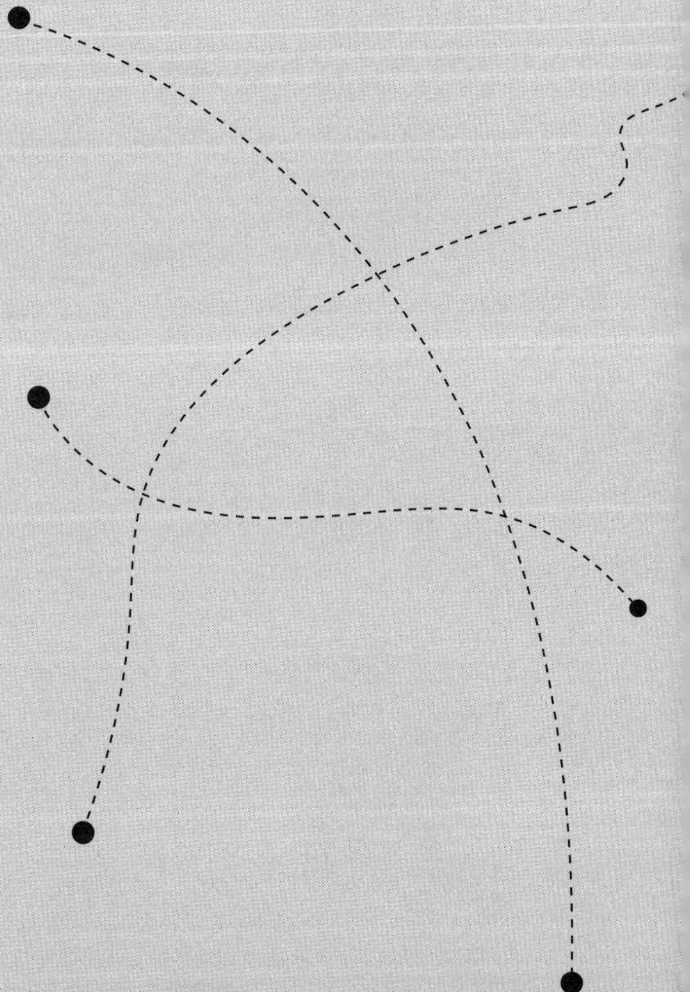

出發

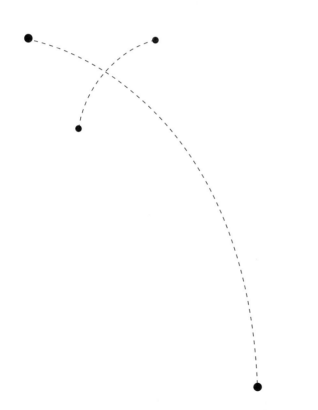

IMMIGRATION
出國
DEPARTED
入國審查官—日本國
HANEDA A.P
12 MAR. 2002

全新護照的一頁被蓋上了出境的印章。終於，要出發了。大祐感到興奮。登機證上印刷的登機口是「G05」。有那麼一瞬間，他把接在G之後的數字「0」看成了英文字母「o」。「Go」配上「5」，在日文讀起來就像是「Go Go」啊。大祐不禁一陣莞爾。

距離登機時間還有半個小時的空檔，放眼望去，知名的名牌店林立。大祐覺得這景象很像小時候祖母或大姑媽帶他去的百貨公司，不同之處，在於「免稅 duty-free」的字樣躍然於機場的商店中。還有一點，就是隔著直達天花板的玻璃窗外，綿延著寬廣的起降跑道。萬里無雲，可以看到朝向藍天起飛的飛機。眼睛追著逐漸迤邐遠去、消逝於空中的客機，腦海中響起了一段話。

——我啊，曾以為飛機只有在自己搭乘的那天才飛。

和她，是大學一年級時在中文課上認識的。第一堂課上，班上同學回答著選擇中文作為第二外語的理由，包括「對就業有幫助」啦、「因為喜歡《三國演義》」啦、「都是漢字多少能看懂」啦之類，大祐在輪到自己時想著必須說個類似的答案，結果沒怎麼深思就脫口而出：「因為我喜歡Jackie Chan。」

——這樣啊。很遺憾得告訴喜歡成龍的你，他說的其實是廣東話啊。

講師這麼告訴大祐後，課堂上立刻興起一陣笑聲。坐在斜前方座位的她也轉過頭來，微笑般地注視著大祐。因眾人目光而浮現靦腆笑容的大祐，當時既不知道ㄔㄥˊㄌㄨㄥˊ是Jackie Chan的另一個名字，也不懂中文和廣東話的不同。雖然一開始就遇到這樣的糗事，不過大祐仍逐漸覺得每週一次的中文課相當有意思。當他以中文數數，從一、ㄦˋ、ㄙㄢ、ㄙˋ一直數到十時，不只還是小學生的弟弟，連上中學二年級、古靈精怪的妹妹也佩服地說：「哥哥很厲害吶。」他得意地回答：「還好啦。」結果連父親都對他說：「哪個時候帶我們去參觀萬里長城吧！」

迎來初夏之際，他與班上同學訂下要觀賞《宋家皇朝》的計畫。這是中文講師推薦可以了解中國近代史的電影之一。包括大祐在內，還跟家人住在一起的幾位同學，把平常趕不上末班電車回家時會去寄居一宿的朋友公寓當作「電影欣賞會」的會場。當天大夥兒結伴先去車站旁的大型影片出租店，一邊在店內逛逛瞧瞧，一邊閒聊著自己喜歡這部電影或那部電影，大祐理所當然地說自己喜歡的電影之一是《A計劃》，結果在借到《宋家皇朝》前就已經花了不少時間。到了朋友家中，讓女生們坐在沙發床上，大祐他們幾個男生則盤腿坐在鋪木地板上。開始播放電影後不久，他突然聞到一陣甜甜的香氣，原來是她從沙發上有如滑下來一般坐到了大祐左側。

——不好意思。字幕，我看不太清楚……

面對她道歉似的囁嚅語聲，大祐一面點頭，一面覺得耳根一陣搔癢。視線回到螢幕上的大祐，想著必須看電影學中文，於是試著側耳傾聽演員的對話，但以他的程度，僅憑聲音要理解內容還是太過困難，因此很快就放棄了。畢竟這部以宋氏三姊妹真實人物為主角、基於史實改編的電影，對大祐這樣缺乏相關背景知識的人而言，就算有字幕可以看也仍嫌太過艱澀。不知不覺中，大祐開始注意到左邊的她專注看著電影的側臉。大約兩個半鐘頭的電影結束後，夕陽早已西下。屋主打開電燈，她也和其他人一樣說了聲：「好漫長啊～」並露出了爽朗的笑容。而大祐心中則暗自確定，電影放映中察覺她靜靜流淚的只有自己一人。在回家的電車上剩下兩人的時候，他試著問：「妳是不是中途哭啦？」她害羞地承認了。

——討厭，被你發現了？

大祐老實地對她說：「妳真是情感豐富呢。」如果沒看錯的話，她似乎嚇了一跳，笨拙地把視線從大祐身上移開。

——……我一想到有可能再也見不到妹妹，突然一陣悲傷就哭了。很傻吧？

妳有妹妹呀？大祐問。嗯，你呢？她也回問。

其實那時候流眼淚的理由，跟電影完全無關。她日後告訴大祐，真正的原因，是機場。

——如果，我是在台灣長大的話，根本不需要字幕就可以看懂了，一想到這件事，就變得很惆悵……

她的雙親是台灣人，這點大祐也知道。第一堂課時便這麼自我介紹過了。因此她在課堂上的流暢發音，總被講師稱讚確實有台灣的感覺。

——我，很喜歡機場。

因為她的一句話，決定了約會的地點。而這對大祐而言，也是人生中第一次的約會。

比起那天在觀景台上，今天起降的飛機感覺更加接近。難道因為今天是站在出境審查海關這一側的關係？雖說隔著玻璃，近距離看著在地面上緩緩滑行的飛機仍舊令人感到不可思議，大祐暫且就這麼呆望著。此時在他頭上播送起登機的廣播。首先是日語，接著可以聽到中文。第一次出國旅行。第一次一個人旅行。不過，機場卻不是第一次來。大祐以手指探了探胸口，確認護照是否仍安然在口袋中。

——校外教學的時候我才第一次知道，原來沒有護照也能夠搭飛機唷。

那個時候也是萬里無雲。從地下一樓挑高到地上五樓的出境大廳亮燦燦地傾瀉著足以讓人目眩神迷的陽光。問她為什麼喜歡機場呢？她回答，不知為什麼總給人一股懷念的感覺呀。從孩童時代起，每逢暑假或者寒假，我們全家人都會回祖父母所在的台灣度過。所以對我來說，機場宛如在台灣度過的日子的一部分。說到此處她轉過頭來看著大祐，似乎害羞地露出了笑容。

——至今為止，我沒跟任何人提過這件事。現在被你這麼一問，我才第一次理解到為什麼在機場時總會浮現一股「我回來啦」的心情。

對經常回台灣的她而言，機場就是如此熟悉的地方。大祐率直地覺得好厲害啊，羨慕地想著，我可是一次也沒出過國呢。「那，大祐你沒有對吧？」她問道。「嗯？」「你沒出過國吧？意思就是你也沒那個。」「沒那個是哪個？」「護照。」她以保密般的聲調說出口，態度卻是一派坦率。護照。大祐的思路終於連接上了。他理所當然地回答，我沒護照啊。她笑了。大祐好喜歡她的笑容。觀景台玻璃的另一頭開始浮現閃爍星辰。在探照燈的照射下，跑道上來往滑行的飛機如此美麗。大祐心裡想著，為了讓這一天盡可能晚一點結束，當初先說想要看的是夜晚的機場，實在是太好了。當場她也立刻同意，日後當大祐知道她那時抱持著同樣的心情時，還飄飄然了好一陣子。那是許許多多幸福且難以忘懷的日子的起點。

——大祐也好……普通的日本人也罷……根本沒辦法理解我。

如果是經驗更豐富的大人，是不是可以更加理解她呢？或者，能夠心平氣和地接納她內心懷抱著矛盾的真實樣貌？大祐思忖著。這樣的想法不斷反覆，到了讓人生厭的程度。我這麼普通，真對不起妳啊！最後當大祐放聲吼她時，她臉色一黯，以蚊子飛鳴般的聲音囁嚅地說了聲，對不起。大祐原諒了她。因為喜歡她。因為想跟她在一起。但最終仍是她，選擇了離開大祐。

三十分鐘是如此短暫。就在這些許出神的時光中已經耗盡。大祐整理好心情，手上拿著「目的地」印著「TAIWAN」的登機證，以及為了這趟旅行特別辦的護照，朝著登機口G05的方向邁進。

如日本人一般

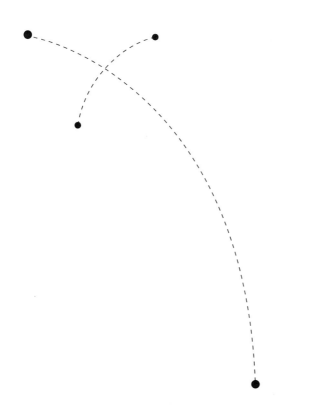

當飛機準備降落，詩婷一直側耳傾聽著機內的廣播。「我們即將抵達東京國際機場」，自己比想像中更加清晰地聽懂了這句日語，讓她感到歡欣。

不過，她立刻覺得不能夠如此開心。畢竟這次可不是來玩耍的。「我是為了學日語而來的。」她邊想邊在狹窄的座位上伸了伸腰骨。

詩婷預定利用暑假的三個星期，前往日語學校參加為高中生設立的暑期課程。一方面學習日語，另一方面也想充分體驗日本文化——去做夢都會夢到的迪士尼樂園玩；逛原宿和台場；到京都、奈良過夜觀光，為詩婷找到這個她想也想不到的豪華方案的人，是住在東京的堂姊怡婷。

——我們女兒的母語是日語啊。

這是堂姊父親的說法。詩婷稱之為阿伯的伯父，是詩婷父親的哥哥。

（爸爸從姊姊的名字中選了一個字，為我取名詩婷）

阿伯一家人在怡婷五歲那年離開了台灣。那是詩婷出生之前的事情了。詩婷很喜歡與從日本遠道而來、長她六歲的怡婷一起玩耍。「詩婷的名字，日語讀成 Shitei 喔」，詩婷還沒上小學前怡婷就這麼教她。怡婷也教了詩婷一些其他的日語。

コンニチハ（konnichiwa，你好）、アリガトウ（arigato，謝謝）、オイシイ（oishii，好吃）、サヨナラ（sayonara，再見）……

詩婷能和怡婷見面的時間，一年有兩次。那是陽曆的正月及八月中旬。如果不是日本學校放寒假或者暑假，怡婷便無法來台灣。台灣比較重視農曆新年，陽曆的話，即便到年末，學校或公司也只會在元旦短暫休息。這一天，家中大人幾乎都會外出，託此之福，詩婷可以大方招待怡婷來平時總被哥哥們佔領的兒童房。打開兒童房的拉門後，就有連接到隔壁房間的長陽台，陽台上種植著繁茂的觀葉植物，枝葉伸展出欄杆外，母親或伯母們晾曬衣服後會隨手拿水管替植物澆水。陽台和房間的交界處、祖父專屬的位置上放著一把籐製的搖椅。那一天祖父也和往常一樣一邊搖著椅子一邊打瞌睡。先開口的是怡婷。「好，」她低聲道：「我們要玩些什麼？」詩婷雀躍地回答堂姊：「嗯，那個……我想玩學校的扮家家酒。」

身為幼稚園生的詩婷，對其他孩子都已經開始去的學校充滿了嚮往。「好啊，那我們就玩這個吧。」怡婷也贊成。「我來當老師，教妳日語。」

ア（a）、イ（i）、ウ（u）、エ（e）、オ（o）、カ（ka）、キ（ki）、ク（ku）、ケ（ke）、コ（ko）……

詩婷跟著怡婷的聲音複述。比起發ㄅ、ㄆ、ㄇ、ㄈ的聲音時，更帶著一股特別的感覺，詩婷的心怦然躍動。這樣玩了一陣子，倚著搖椅打盹的祖父突然發出笑聲。詩婷和怡婷幾乎同時望向祖父。

——続けてごらん（繼續說說看）。

祖父口中說的，ツヅケテゴラン（tsuzuketegoran），詩婷不懂意思。不過怡婷微笑了一下，點頭回答ハイ（hai，是）。

（阿公跟妹妹說日語啊？）

包含這樣的原因在內，詩婷對在日本長大的堂姊越來越憧憬了。

額頭貼著機內的窗戶，感覺東京越來越靠近自己時，怡婷回想起來了。

不知哪個時候，哥哥們曾取笑妹妹，說怡婷的說話方式很幼稚什麼的。

哥哥們這麼說並不是沒有道理。

即便聽在年紀更小的詩婷耳裡，也明白怡婷妹妹說不知道的時候，發音有點口齒不清，把ㄅㄨˋㄓ ㄉㄠˋ說成了ㄅㄨˋㄗ ㄉㄠˋ。就像小孩子般可愛。日語說得分外流暢的怡婷，在這種情況下講的中文卻像小孩說話一般。

妳說話像幼稚園的小孩。哥哥們起鬨訕笑時，妹妹的臉變得通紅。妹妹肯定生氣了吧。會不會吵架呢？正當我忐忑擔心的時候，妹妹竟然當場放聲大哭。

那件事讓所有人都嚇了一跳。

我也吃了一驚。

哥哥們被爸爸狠狠地臭罵了一頓，妹妹的爸爸媽媽，也就是阿伯和阿姆有點難為情地以中文混著日語安慰著哭泣不止的女兒，由於場面鬧得太混亂，阿公也從安樂椅上跳起來喊著發生什麼事了。因為大家都在忙著應付眼前的狀況，只剩下我向阿公說明，是哥哥們欺負怡婷姊姊啦！面對我拙稚的解釋，阿公終究無法理解發生什麼事情，只是頻頻眨眼。

……自從那件事之後，再也沒有人會明著嘲笑怡婷的中文了。另一個原因是伯父一家人回台灣的機會也減少了。等阿公的葬禮上大家再度聚首時，詩婷已經十歲，怡婷則是高二學生了。好久沒見。微笑問候她的怡婷顯得生疏拘謹，詩婷的哥哥們仍無法好好和從東京回來的堂妹對話，來悼念阿公的人之間數度出現尷尬的沉默。託哥哥們避著怡婷的福，讓詩婷可以盡情地跟堂姊聊天。

——跟妳說，阿公住院時經常把我誤認為怡婷姊姊妳喔。

——阿公嗎？把妳認成了我？

——嗯。因為，他總對我說，ヨクキタネ（妳來啦，太好了）。這是日語對吧？我不懂日語，阿公還這麼跟我說。所以爸爸、姑姑也都說，阿公大概是把我當成妳了。

——是嗎……

——我如果能像姊姊妳那麼會日語就好了。

因為詩婷的話而眼眶泛紅的怡婷，突然笑了。接著她用比從前更不流暢的中文問詩婷：「妳想用日語說話？」詩婷眼中閃爍著光芒回答：「當然囉。」「為什麼妳想說日語？」「因為我喜歡日本呀。」「妳喜歡日本？」「嗯，很喜歡呢。」詩婷的堂姊又輕輕地笑了，接著問：「妳喜歡日本的什麼？」「要說喜歡什麼……很多很多啊。」詩婷回答。「很多？」「嗯，妳看，日本不是有很多神奇的東西嗎？」詩婷津津有味地接連講出自己喜歡的日本動畫和漫畫的名稱。怡婷即便拚命地側耳傾聽，對詩婷所說的作品仍舊有一些不知道的，最後她說了這麼一句。

——詩婷，妳比我喜歡多了日本。

一句不太符合文法的中文。不過對詩婷而言，她完全能理解怡婷想要表達的意思。詩婷，妳比我更加喜歡日本呢。不只文法有誤，怡婷的發音聽起來也不像台灣人。簡單來說，就像是會說中文的日本人。

——還以為是阿公哪位日本朋友的千金，沒想到竟然是怡婷。那傢伙，越來越像日本人了……

越來越像日本人了。

哥哥們雖然這麼說，但詩婷從一開始便只認識像日本人的怡婷。妳不懂啦，哥哥說，怡婷那傢伙還是個小鬼頭的時候，中文說得可流暢了。不只哥哥，根據大人們的說法，怡婷小時候比大她一歲三個月的詩婷哥哥更早學會說話。而且哥哥都講不過她。

——原來如此。怡婷不是台灣人，感覺像是會說一些中文的日本人。

聽著哥哥和堂哥們如此下結論的詩婷，對於怡婷的境遇更是羨慕不已。我也想在日本長大。那個孩子，比起台灣人更像日本人吶——我也想過過看這樣的人生。如果不用中文，而是以日文告訴姊姊這件事，她會覺得開心嗎？

（為了這個目標，我要努力學習日語）

在入境審查處排隊時，詩婷更加堅定了自己的意志。

「詩婷！」

穿過入境大門，推著承載行李的機場推車左顧右盼時，後方傳來叫喚聲。詩婷充滿期待地回頭，伯母正微笑著。妳終於來啦！伯母邊說邊張開雙臂歡迎，詩婷趕緊先叫了聲「阿姆（a-ḿ）」，接著又喊了聲：

「怡婷姊姊！」

詩婷對著站在伯母身旁的堂姊微笑。怡婷一把抱住從台灣遠道而來的詩婷，說了句ヨウコソ（yokoso）。詩婷還不明白這句話在日語中代表著「歡迎」的意思，但卻能充分感受到堂姊歡迎自己的心情，內心充滿了按捺不住的喜悅。

那個孩子很特別

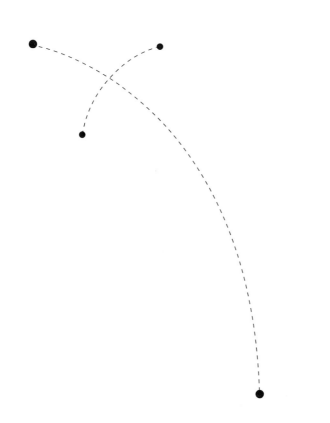

可以看到日本了。

雖是這麼說，但與焦急等待飛機起飛的三小時之前所見的景色，幾乎沒有太大的不同。光朗的青空和白雲無限延伸，飛機跑道的灰色地面彼方連綿著樸素的建築物。因為跟雅玲換了位子，怡君才得以飽覽窗外的景致。雅玲在飛行期間一直沉沉地睡著，所以當她俯望重重疊疊柔軟如地毯的雲層時忽然瞥見一彎新月的那股感動，也只能一個人孤獨地品味。

「放下一切來趟旅行怎麼樣？」如此提議的人是怡君。每天往返於公司和自家的生活雖然穩定，但總有些無趣，為了排遣無聊，不知不覺間一放假就開始亂花錢。她想，與其這樣，不如乾脆出國旅行。「去日本，妳覺得怎麼樣？」這個提議是雅玲說的。「我想去那個築地市場吃生的魚肉。」聽她這麼說，怡君便教雅玲：「那個生的魚肉叫作オサシミ（osashimi，生魚片）唷。」「喔？怡君妳會說日語啊？」為了滿足雅玲的期待，怡君絞盡腦汁想出了幾個日語單詞。コンニチハ（konnichiwa，你好）、アリガトウ（arigato，謝謝）、ワカッタ（wakatta，明白了）、ナルホド（naruhodo，原來如此）……「好厲害！」雅玲由衷感到佩服。「啊！還有一個。」怡君又追加了一句：「マタネ（matane）！」雅玲像鸚鵡學舌般地複誦：「マタネ（matane）？」

——マタネ（matane）就是「再見」……嗯，不對。要說的話，應該更接近「拜拜」吧？

這麼教怡君日語的，是一個叫作 Susumu 的男孩子。

小學的時候，怡君在住家附近的公園認識了 Susumu。

怡君一家人那時住在民國六十年代建造的公寓裡，附近狹窄的街區也擠滿了類似的建築物，不過夾著小山丘的另一頭，那個區域的高級公寓宛如刺向空中般櫛比鱗次地不斷蓋起來。Susumu 也和身為某企業派駐員工的雙親，一同住在這種新建的公寓大樓其中一房。在怡君他們生活的地區和新開發地區交界的山丘地帶正中央有個兒童遊樂場，Susumu 在此處的地面上寫下了一個「進」字，向台灣的小孩自我介紹。

——這個就是我的名字。日語發音是「Susumu」喔。

——Susumu？

怡君第一個跟著複誦。Susumu、Susumu、Susumu……反覆唸了幾次給Susumu聽，Susumu 微笑地誇獎怡君「很好很厲害」。

身為日本人，Susumu 的中文算是特別流暢。或許因為如此，Susumu逐漸想跟怡君這些台灣的孩子們玩耍。大家都互相說著，那個孩子很特別喔。畢竟日本人的孩子即便來兒童遊樂場也總是跟自己人玩在一起，那態度宛如他們的視線中根本沒看到我們。

來自高級公寓、搭乘校車前往山丘另一頭的日本人學校通學的孩子們，日後不必然一直居住在台灣，他們的父親幾乎全部都是日本知名企業的派駐員工，因此才會來到台北。居留期間再長，至多也是四、五年。大部分的人都是兩、三年就回國了。對怡君他們而言是出生的故鄉，此後只要沒發生太大的變化便會一直居住下去的台灣，對日本人的孩子來說卻只不過是暫時的居所，因此也沒有融入當地的必要。

不只孩子們是這樣的心態，這些孩子的母親表現得更為露骨。

怡君的父親開了一家餐廳，是一個家族經營、員工都是親戚的小地方。有段時期也曾提供外送服務，只要訂單一來，叔父或堂哥就會跳上機車飛馳送飯。叔父、堂哥都在忙而人手不足的時候，怡君的母親也幫忙送過飯。外送的範圍包含了Susumu居住的高級公寓那區。那時怡君的母親把自行車停在後門旁，抱著便當盒前去按老主顧家的電鈴。入口有穿西裝的保全人員看守。當她抱著便當等待電梯的時候，有三名女性從反方向走近。貌似大樓住戶的她們，大概是從正門進來的。不俗的裝扮及撲鼻的高雅香氣，一眼就可以知道她們是日本太太。狹小的空間裡，怡君的母親微笑地對她們說了聲「妳好」，其中一個女人與怡君的母親眼神相接，卻沒有回話。當她把眼光從怡君的母親身上移開後，便對一旁的兩名女伴竊竊私語。那些以日語交談的內容，怡君的母親完全不懂。上升的電梯中，日本女人夾帶著高亢笑聲的日語，持續不斷。

這樣的情況，怡君的母親、叔父和堂哥並非只遇過一次兩次。對日本的太太來說，我們就像不存在一樣吶。長輩們既不難過也不生氣，只是淡淡地交換意見，怡君聽著大人們的交談思忖著，因為這些媽媽都這樣，所以日本的孩子當然也不理會我們。

因此，Susumu 很特別。怡君對雅玲這麼說。比起跟日本人，他更想跟我們一起玩，還會努力地講中文。不僅如此，連台語也都記下來了。雅玲聽了忍不住笑了出來。

——Ná-ū khó-lîng（怎麼可能）？

怡君當然沒有說謊，也沒有誇大。Susumu 真的是這個樣子。還問了怡君他們很多台灣的事情。

——為什麼台灣不是中國，可是台灣人都講中文？

——為什麼台灣的大家也都那麼會說台語？

——為什麼大家的阿公和阿媽都會講日語？

這些全都是 Susumu 不問的話，自己根本不會去思考的問題。大家絞盡腦汁回答後，Susumu 就露出認真的表情點頭說，原來如此。

——那個孩子，不是有點怪，是很怪。

確實如雅玲所言。「不過我想他也沒有因此被日本人排擠。」怡君如此斷言。那個時候不只我們，其他人也都很喜歡來自日本的 Susumu……因為 Susumu 是個大帥哥。離開的時候露出微笑說「マタネ」（拜拜）的表情，特別帥氣。

可是，Susumu 也跟其他日本的孩子一樣，不可能一直待在台灣。雖然不清楚 Susumu 自己是怎麼想的，但台灣的孩子們——至少怡君——是盡量不去想這件事情。甚至還告訴自己，只有 Susumu 今後會一直留在台灣。說不定 Susumu 自己也抱持著這樣的心情，所以在和我們一起度過的最後一天，他仍舊用我們很快就會再見面的口吻笑著說「マタネ」（拜拜），然後朝著他家——山丘那邊的高級公寓回去了。

雖然經常一起玩，但也不至於每天都在一起，所以最初的幾天都沒人想到 Susumu 離開了。直到某個人脫口說出：「Susumu 是不是回日本了啊？」大家才終於不得不接受這個事實。他們的朋友，Susumu，已經不在台灣了……那也是怡君體悟到自己的初戀結束的瞬間。

——就這樣？

雅玲對這麼不盡興的故事似乎覺得不太過癮。不過沒辦法，因為真的就只有這樣。就算想調查 Susumu 的聯絡方式，也不知道該怎麼做。跟那些見外又完全不會說中文的日本小孩打聽，他們也不會告訴我。而且仔細一想，我們沒有任何一個人知道 Susumu 的全名啊。

從那之後已經過了十多年。

著陸的飛機開始減速。怡君凝視著窗外 Tokyo International Airport 的字樣，想像著 Susumu 長大後的模樣。你好（コンニチハ，konnichiwa）、謝謝（アリガトウ，arigato）、明白了（ワカッタ，wakatta）、原來如此（ナルホド，naruhodo）……不知道他是否還記得中文？

「到了呀。」

雅玲把下巴靠在怡君的肩膀上，看向窗外。嗯。怡君點點頭。「オサミミ（osamimi），久等啦！」雅玲小聲地叫道。「是オサシミ（osashimi）。」怡君出聲糾正她。四天三夜的帶薪休假，怡君和雅玲除了要在築地吃生的

魚肉之外，在日本還有許多想做的事情。內心不禁一陣雀躍。安全帶指示燈一熄滅，乘客們同時站起來準備下飛機，機艙內立刻充滿活力。空服員感謝乘客們搭乘的廣播流淌於機艙內，先是中文，接著是英文，最後則是日語。「希望很快能有機會再次為您服務。」那優美的嗓音讓怡君感到愉悅。她有預感，這一趟旅程，將會有超出散心之外的收穫。

異鄉的台灣人

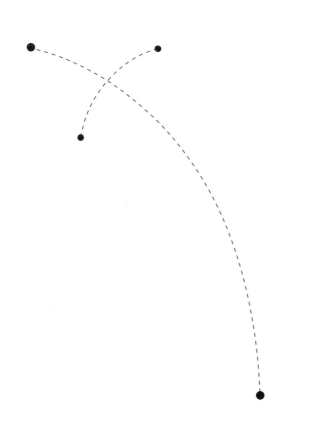

在 Jessica 和她雙親的目送下，俊一郎邁入了「國際線登機口」。回頭一望，從尚未完全關閉的自動門縫間，可以看到 Jessica 和她母親還在揮手。母女倆果然長得很像。俊一郎不知不覺間露出微笑，機場的安檢人員突然說了一句：「護照。」嗯？fujao？不懂這個詞彙意義的俊一郎鸚鵡學舌般地重複了一次。安檢人員旋即重新說了一次「passport please」。アソッカ（啊，原來如此）。日文脫口而出，俊一郎慌張地從胸口口袋掏出深藍色的護照。

接下來的出境手續流程都非常順利。

難得來一趟台灣，結果幾乎都沒用到中文。雖然這麼想，但其實俊一郎會的中文，也不過是在幾個星期的午餐時間內，由出身台灣的同班同學 Kelly 教他的那幾句。

與跟俊一郎一樣以留學生身分來美國的 Kelly 不同，Jessica 從六歲起便住在舊金山。

——我完全不會說中文呀。

Jessica 不以為意地以英語這麼說，Kelly 也一派天真地贊同：「對呀，真要說起來，妳根本是 American 呢。」的確，俊一郎從沒看過這兩個台灣同鄉以中文對話。雖然如此，當 Kelly 教俊一郎中文的時候，Jessica 也會插嘴道「啊，我知道那個」、「嗯，我也有聽過」，像個小孩子般眼中閃爍著光輝。咦？妳比想像中更懂中文（Chinese）不是嗎？俊一郎一陣佩服，Jessica 則聳了聳肩。

——每次見面的時候，台灣的親戚都說，俞涵，妳的母語越來越退步了，把我當笨蛋一樣。

Jessica 的本名叫作俞涵。與其說是本名，不如說是 Chinese name 來得更正確。

——俞涵，妳的母語（中文）越來越退步了。

那有什麼辦法。比起當俞涵，她身為 Jessica 說英語的時間要長得多。

松山機場——台北松山機場——比俊一郎知道的任何一座國際機場都要小巧而舒適。讓人聯想到日本地方縣市的國內線機場，那種讓人心情沉靜的氣氛相當美好。距離提交論文只剩下半年的時間，因此俊一郎原本打算盡可能不要回國，不過來到台灣之後，日本似乎就在眼前，加上 Jessica 的母親也推波助瀾地說，你的父母應該也很想見見你吧，因此他最後還是決定買張回東京的機票。雙親倒還好，他主要想讓年事已高的祖母看看自己。俊一郎以前所未有的舒緩心情在機場的窗邊漫步，一邊眺望倚著和緩連綿的山丘的建築，一邊暗忖能否看到圓山大飯店。天空雖然覆罩著厚重雲朵，但仍一片光亮。俊一郎想起了 Jessica 半開玩笑地指稱，「我的性格會這麼直率，一定是因為受到加州藍天的眷顧」。

——如果在總是滴滴答答下著雨的台北長大，或許我會更加纖細吧。

俊一郎逗留的三天內，台北一直都是陰雨綿綿。飽含濕氣的風觸碰在肌膚上的感覺是如此舒服。夜晚，折射出城中霓虹燈看板、綻放光彩的水泥地面被雨水濡濕，面對這樣的光景，內心沒來由地滿溢著一股懷念的思緒。這幅景致和東京的夜晚十分相近。俊一郎思考著，自己該在哪個時候把 Jessica 介紹給住在東京郊區的雙親和兄弟姊妹？當家人知道身為東方人的 Jessica 只會說英語，不知道會有什麼反應？腦海裡正翻騰著這些想法時，突然聽到有人以日文說：「媽媽，我們也去那家店看看嘛！」讓俊一郎倏地回到了現實。一個大概是中學生的女孩子拉著母親經過俊一郎身旁。望著走向機場商店的母女背影，俊一郎發現自己已經將近半年沒有聽過日本人說日語了。預定搭乘由台北前往東京班機的乘客，幾乎都是日本人。

（簡直就像在日本）

繼續在機場內信步漫遊時，他找到了一個有點難稱為書店的小空間，陳列著書籍和雜誌。這裡都是中文書籍，俊一郎並無力閱讀，但不知不覺間也看得著迷。就在此時，他一個不注意手肘撞上了一位蹲著的女孩的頭。「Sorry!」面對俊一郎的道歉，女孩一面說著 OK、OK，一面慌張地站了起來。或許是個高中生吧？「Are you OK?」俊一郎再度向她確認，女孩伸出雙手把大概是被撞歪的眼鏡重新戴好，不斷說著 OK、OK，並匆匆離開了現場。幹了件蠢事，實在是對不起啊。俊一郎看著女孩離開後，又把視線放回雜誌上。架上並排著週刊雜誌，每一本的封面都刊登著同一個人物的照片。「中華民國」、「新總統」、「新台灣」、「民進黨」等漢字躍然紙上。以漢字書寫他便多少能理解一些意思，俊一郎重新體認到日本和台灣的距離果然很近。此時，他的記憶突然甦醒過來。

因為對方戴著眼鏡所以當下沒立即認出來，但前天在圓山大飯店宴會廳舉辦的結婚典禮上，他和剛才那位女孩子打過招呼。

那天的新郎是 Jessica 的堂哥。

雖然俊一郎和 Jessica 交往 steady，但別說結婚，連訂婚都沒有。在這樣的情況下以 Jessica 親屬身分參加婚宴，俊一郎其實有點顧忌，不過無論是 Jessica 或是她的雙親都說沒有什麼好介意的，對俊一郎的顧慮一笑置之。他們說，這是值得慶祝的事情，人來越多越好。與 Kelly 確認時，她也說「這在台灣是很普通的事唷」。因此俊一郎牙一咬，便出發到女朋友的——不，與其說是女朋友的，不如說是女朋友雙親出身的國家台灣來。Jessica 的雙親說著帶中文腔但很容易理解的英文，雖然偶爾也有聽不太懂的時候，但對自己的日本腔英文帶有情結的俊一郎認為，這種狀況反而能讓彼此成為輕鬆交談的對象。

經過長達十一個小時的飛行之旅入境台灣後，只要是必須講中文的場合，Jessica 就全部委交雙親處理。簡直就像自己有特權這麼做一般。Jessica 的母親笑著對俊一郎嘆了口氣。

——說到這孩子，從以前就是這樣。在台灣只把父母當作便利的口譯工具。

那促狹的笑容跟女兒一模一樣。

託 Jessica 雙親熱情口譯之福，在台灣的期間，俊一郎根本沒有機會發揮一下跟 Kelly 學習的成果。在婚宴上知道俊一郎是外國人後，Jessica 的大部分親戚和青梅竹馬都跟他說了聲 Hi。如果是簡單的對話，使用英語幾乎就夠了。

現在回想起來，Jessica 在介紹俊一郎時說了「他是日本人」，那發音相當特別。Jessica 的伯父是個體格壯碩的男人，對俊一郎微笑地說，ハジメマシテ（hajimemashite，初次見面）。俊一郎有一瞬間還沒察覺那是日語。Jessica 惡作劇般地笑著對俊一郎解釋說「They've lived in Tokyo」。Jessica 的伯父對終於理解的俊一郎問道：

——你是日本人嗎？

ハイ、ボクハニホンジンデス（是，我是日本人）。俊一郎回答的日語聽起來反倒顯得生澀。一旁的婦人對 Jessica 說：

——俞涵，我沒想到妳有這麼帥的日本男朋友！

她大概是魁梧男人的妻子，也就是 Jessica 的伯母吧。她們的對話帶著挖苦的語氣，那種氛圍傳達出 Jessica 和伯母間親密的關係。阿姆，說真的我也完全沒想到！Jessica 也罕見地以中文對話。「第一次來台灣嗎？」「台灣好玩嗎？」Jessica 的伯父以日語詢問，俊一郎在伯父的帶動下也以日語回答「是的，是第一次」、「是的，很好玩」等，就像教科書中的角色才會使用的講話方式。即便知道對方住在日本，俊一郎還是忍不住稱讚：

——您的日語真的說得很好呢。

男性晃動著體態良好的身軀笑著說：

——謝謝！不過說到日語，我的女兒說得更好喔。

這個時候，俊一郎第一次察覺到男人身旁的她。與魁梧的父親不同，是一位個頭嬌小的少女。令俊一郎無比驚訝的是，她的五官與 Jessica 沒上妝的時候非常相似。這個連淡妝也沒化、臉上大概什麼妝都沒上的女孩對著俊一郎微笑。俊一郎以日語「初次見面」問候，話聲卻被一句中文的「姊姊！」蓋過，是 Jessica 的聲音。根據 Kelly 教的，俊一郎知道「姊姊」這個詞彙的意思。看起來像個高中生的這名女孩竟然比 Jessica 年長，這是第二件讓俊一郎驚訝的事情。堂姊妹以中文交談，女孩一面和 Jessica 說話，偶爾眼光會移到俊一郎身上，俊一郎感受到她的眼神……帶著一種親切的感覺。遺憾的是，Jessica 這位住在東京的堂姊與俊一郎因為換裝後再登場的新娘而錯失了交談的機會。稍後俊一郎告訴 Jessica：「竟然看到妳一直用中文交談，這可不常見啊。」Jessica 回答：

——呵呵，因為姊姊不太會講英語。而且，大家都說我跟姊姊的中文程度差不多。

俊一郎想像著長相與 Jessica 相似的堂姊和正在日本留學的台灣人交談的模樣。

——我只會說一點點中文。

——是啊。說起來，比起台灣人，妳更像日本人吧。

因為有緣才能相識。而且在同一個時刻、同一座機場撞見，這不正是一場巧遇嗎？說不定還是搭同一班飛機回東京呢。俊一郎悸動地環視機場，湧起一股想和在日本長大的 Jessica 的堂姊講話的心情。然而不論如何凝神尋找，俊一郎卻再也找不到她了。

孝順

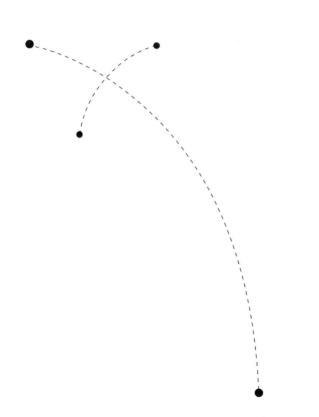

空氣中傳來地鳴聲。不知道哪個人不斷在叫喚。文健張開眼睛，發現原本應當睡在一旁的雙親都不在。鄰接隔壁房間的門緣淌洩出燈光。

「ㄅㄢˋㄧㄝˋㄋㄧㄝ！我們突然聽到咚咚咚的敲門聲，原本還以為是地震，結果比地震還可怕。警察一腳把門踢破，一湧而入。他為了保護發抖的我，跟警察說他不認識我。可是他們才不管，硬是把他拖走了，簡直就像在抓現行犯一樣粗暴。他接下來會怎麼樣？a-hiann（阿兄），我該怎麼辦才好？……」

那是阿姑的聲音。為什麼阿姑會那樣哭天搶地呢？察覺站在門扉旁的文健，母親起身說道，bô-án-tsuánn（沒事）。母親說話的口吻，與其說是要安撫文健，不如說是想讓自己的心情穩定下來。

「沒什麼事，不要擔心……」

母親不停這麼說，一面抱住了文健，被抱住的文健則忍不住觀察著大人們的樣子。身穿睡衣的姑媽頭髮散亂，不斷哭泣。父親的上半身冒出斗大的汗珠反射著燈光，臉上表情則無比凝重。平常總會在一旁的姑丈卻不見身影。bián-huân-ló（別擔心）。母親又強調了一次。回到被窩之後，斷斷續續聽到姑媽的哭聲，父親來回踱步讓地板咿呀作響的聲音也從枕頭下傳來，他不知不覺中又墜入了夢鄉。至於第二天醒來發生了什麼事，如今他完全回想不起來。即便如此，懷孕的姑媽突然跑來家中的那個深夜，那股異樣的氣氛，即便在時隔五十年的今天，他仍然能清晰地回憶起來。

當時的國民政府為了肅清共產黨間諜，日以繼夜地逮捕和押送前一個朝代——日本統治時期——受過高等教育的青年們。

（guá m̄ tsai-iánn guá tsò siánn-mih!〔我不知道我做了什麼！〕）

不幸的是，阿姑的丈夫就因為寫了一紙明信片給已經遭到逮捕的舊日同窗，而被當作政治犯的同夥逮捕下獄。父親到處去給人磕頭鞠躬，並拿出自己的存款要賄賂警察，卻因為金額過少，仍無法拯救姑丈免於極刑。這些事情大家都是日後才聽說的。那個時候文健自己記得的，只有因為剛生產後的疲勞而昏昏欲睡的姑媽身影，以及母親抱著難產中生下的嬰兒，噙著眼淚說「pháinn-miā-ê-gín-á（命苦的孩子）」的模樣。

姑丈的遺孤，由文健的父親為他取名文誠。

打小時候起，文誠就是個出類拔萃、聰明伶俐的孩子。他不但輕鬆考上文健根本望塵莫及的、台灣最難考的建國高級中學，而且三年就學期間成績總是數一數二。當這樣的外甥因為經濟上的理由而必須放棄升學，父親大概也無法接受吧。這一輩子家中經濟都沒什麼餘裕的父親，那個時候還四處籌錢，並把這些錢都給了外甥。拜此之賜，文誠最終得以進入他過世父親的母校台灣大學就讀——雖然他父親就學時期還被稱為「台北帝國大學」。

大學就學期間，文誠和同班同學一同創業，開了一家生產電算機的公司，畢業之後也不出所料地和其中一位女同學閃電般地舉行了結婚典禮，半個月之後，便以日本分公司的董事身分和新婚妻子一同移居東京。文健這位現在已經擁有日本國籍的表弟，打電話來說想要邀請文健的雙親赴日遊玩，大概是半年前的事了。

——正好，大舅今年七十大壽，順便熱鬧一下……

文健聽了開始犯愁。

——要是幾年前的話可能還好，但現在要爸爸出遠門，而且還是出國旅行，恐怕很困難吶。

聽他這麼一說，話筒另一頭的表弟以更堅決的語氣說道，正因為如此才更要招待他老人家來。

——哥哥，未來會發生什麼事情誰也不知道，不趁現在孝順的話，我們會後悔的呀。

文誠說是的「我們」。從以前開始就是這樣。對待父親，這位表弟比自己更像個兒子。

——沒有大舅的話，就沒有現在的我啊。

文誠斷然地說。

——招待大舅來日本，是我一直以來的心願。雖然讓他老人家等了這麼久，但這次就當作完成我這個做弟弟的心願，拜託啦，哥哥……

文健的太太也表示贊成：「他也說了要出旅費啊，和媽媽三個人一起去一趟，有什麼不好呢？」

——就算出遠門，去日本什麼的也比去長沙來得輕鬆不是嘛。

文健尋思，或許正如妻子所言吧。

幾年前，文健陪著妻子的父親造訪了湖南省的長沙。在文健懵懵懂懂開始懂事的時候，也是島上執行的戒嚴令解除、不久之後開放台灣居民前往大陸探親的時期。妻子回顧那趟旅程，絕對不是什麼輕鬆的行程。從香港轉機抵達上海，再從上海轉乘火車。岳父的故鄉位於比長沙更內陸的地方，當文健見到當地霧靄繚繞、奇峰峻岩的風景時，打從心裡感動，覺得就算路程遙遠也值得了。無意往旁邊一看，卻見到妻子正撫摸著岳父的背。岳父傷心難過的身影讓文健吃了一驚，趕緊將視線移往他處。妻子的父親還是十多歲的孩子時，就成為國民黨的下級士兵並渡海到了台灣。時隔半世紀的返鄉，肯定讓他內心悸動不已。

如果能一償眺望富士山的宿願，父親也會留下感動的眼淚吧？

只是，長沙對岳父而言是老家，但日本對自己的父親而言卻絕非出生的故鄉。不僅如此，他甚至從未踏足日本。然而一直以來，父親只要一有機會就會提起富士山的神聖，反覆說著死之前想要拜見一次天皇陛下居住的皇居。

父親對日本的偏愛已經到了不尋常的程度。文健對於父親完全無視曾為大日本帝國殖民地的恥辱，而過度美化日本統治時代的台灣一事，感到無比厭煩。文健還是中學生的時候，父親瞥見他在國文課寫的作文立刻皺起了眉頭，彷彿看到髒東西般瞪視文章開頭的「遵從國民黨領導」一句，說國民黨就是這樣卑劣，一面洗腦你們這些笨小孩，一面又在台灣擺出好像有多偉大的臭架子。父親這些話讓文健感到不愉快。有次他終於回了嘴。這麼說的話，爸爸不是也中毒了嗎？學校的老師批評說，像你這樣的人就是沒有除去大日本帝國主義的奴性餘毒。遭到兒子意料之外的頂撞，父親全身顫抖地以一副要揍人的氣勢逼近，文健也握緊了拳頭。「像你這樣的小鬼頭懂些什麼！」「爸爸才是，一天到晚日本、日本、日本的，日本人要是有那麼了不起，他們怎麼會搞到戰敗啦！」

最後如果不是媽媽邊哭邊阻止，這場父子之爭恐怕得持續到哪一方氣絕為止吧。

（狗去豬來）

妹夫被處死一事，恐怕是最後一根稻草。那件事情在父親心中根植了對新統治者的不信任感。今天回頭去看，任何人都很清楚那就是白色恐怖。特別是父親那個世代的台灣人，對國民黨那麼深惡痛絕也並非毫無因由。作為這種情感的反動，覺得前一個時代的統治遠比當下好得多的想法，也就越發堅定。一直到自己已經是當年父親年齡的兩倍大時，文健才終於能做如是想。

——Lí, lí-kóng-beh-tuà-guá-khì-khuànn Fujisan?（你……你說要帶我去看富士山？）

以顫抖的聲音講電話的父親雙眼泛著淚光，看到這一幕，文健心想，自己大概一輩子都不會忘掉父親的這個模樣。

——你說，要帶我去看富士山是嗎？

父親透露出那股歡喜的心情後，話筒的另一端傳來文誠的聲音。

——舅舅如果來了，我們家的孩子也會很高興。他們都說最喜歡大舅公了。

文誠在日本生了一個女兒和一個兒子。In-lóng-tsiok-kah-i-tuā-kū-kong（他們都很喜歡大舅公）。確實如此，文健同意表弟的說法。與在日本長大的姪女和姪子相比，文健的兒子們並沒有那麼親近同樣生活在台灣的內公（祖父）。別說日語，連台語都不流暢的文健長子和次子，都不知道如何跟絕對不說中文的祖父相處。文健並沒有強求孩子們拉近和自己父親的距離。但當文誠的孩子以オジイチャン（爺爺）稱呼父親時，文健對父親開心的模樣與和煦的表情，總抱持著一股複雜的思緒。對於日本和日語應該不若父親那麼偏好的母親，見到從東京回來的孫兒們親切地叫著オバアチャン（奶奶）時也顯得萬分高興。在國外長大的姪子和姪女說的話文健雖然聽不懂，但對自己的雙親而言，卻是過往使用過的、令人懷念的語言。為了拂去內心深處的陰影，文健換了個話題，問文誠關於旅費的事情，但文誠迅速打斷了表哥文健。

——別說這麼見外的話。這趟旅行也算表達我對哥哥你的一點謝意。

文健認為，如果是為了替父親祝壽，由文誠全額負擔未免有些奇怪，原本打算告訴他，就算不是對半分攤，至少自己也應當負擔一些。大概看穿了文健的心意，因此文誠強調：「我非常感謝哥哥，非感謝不可……我媽媽的事情……」接著便說不出話來了。對八成正努力壓抑哽咽的表弟，文健要他「別放在心上啦」，只是語氣有些生硬。文健想，代替人在海外的表弟照顧在台灣的阿姑是應該的，在姑媽人生的最後階段照護她，也無需特意說什麼感謝。雖然這麼想，不過如果無需負擔旅費便能辦成這件事，老實說對文健而言倒是鬆了一口氣，所以也就接受了文誠這番好意。這麼決定之後，文健便不再見外地積極了起來。

……在只有持商務艙等級以上登機證的乘客才能進入的貴賓候機室入口，文健把三個人的護照及登機證拿給櫃檯的女性看，她便促請三人走過自動門，說了聲「請往這邊」。這種程度的中文父母應當可以理解，不過文健仍一邊以台語說「guán li̍p-khì lāi-té（我們進去裡面）」，一邊推著還在讚嘆「這裡真是金碧輝煌啊」的母親，至於環視四周問道「是從這裡去搭飛機嗎？」的父親，文健同樣把他推進了貴賓室。文健舉目所見，周遭都是穿著西裝的商務人士。或許是因為像父母這樣的高齡者在此處很顯眼，一位穿著與剛剛的櫃檯小姐同樣制服的服務人員走了過來，迅速為他們準備了靠牆的沙發座席。因為母親是個會過分客氣地向對方致意的人，於是服務小姐問她：「跟兒子去旅行嗎？」母親很認真地聽完後回答：「因為我先生七十歲了，為了慶祝，這個孩子要帶我們去日本啦。都這把年紀了還搭什麼飛機，實在是喔……」年輕美麗的服務小姐雖然臉上浮現親切的笑容，但面對說台語的文健母親仍不直接以台語回答，依舊以中文詢問：「要幫您準備什麼飲料嗎？」文健事先向文誠打聽過，在貴賓候機室的消費也包含在機票錢裡頭，所以幫父親和自己點了威士忌，也為母親點了一杯啤酒。「好像變成貴族了。」對於按捺不住興奮的母親，文健和父親都沒有作聲。母親自顧自地不斷嘟噥著。到日本之前就把我們帶來這麼高級的地方呀，要是只有跟你爸兩個人，還真不知道該怎麼辦喔……Eh, lí án-tsuánn（喂，你怎麼了）？文健聞聲也望向父親。他抓著拐杖，一副坐立難安的模樣。母親問道：「想去洗手間？」父親應了一聲，便自行掙扎著起身。文健把到嘴邊的「要不要幫忙」吞了回去。這種時候如果想出手幫父親，往往會讓他鬧彆扭並回敬一句「別把我當老人」。父親拄著拐杖，在方才的服務人員帶領下前往化妝室，文健看著父親的背影消失後，一回頭發現母親正看著自己。

「沒想到在活著的時候，我還有到內地（naichi）走走的機會呀。」

內地（naichi）這個日語發音，文健一直以為是台語。「日本不是內地。」文健忍不住說了聲：「日本是外國。」所以才需要這東西不是嗎？文健對著母親指了指桌子上擺著的三人護照和登機證。文健這種多少帶刺的口吻，如果面對的是父親，很可能就會釀成劍拔弩張的情勢。不過母親終究一派祥和，「怎麼說都沒關係，畢竟我做夢也沒想到可以去日本，而且都這把年紀了。」她這樣笑著回答，反倒讓文健顯得尷尬。不理會文健支吾其詞的樣子，母親似乎故意壓低聲調說：「哎！那個人好像在吃什麼好吃的呢。」順著母親的視線望去，一位穿著襯衫的年輕男子一手拿著啤酒，正在大啖米粉。

——不只酒水飲料，如果大舅和舅媽想吃，滷肉飯、牛肉麵什麼的也都可以吃到飽喔。不過因為飛機上也會提供餐點，所以建議吃個半飽就好。

文健問母親，要不要吃吃看？母親聽了眼中閃爍著光芒。正想叫喚方才的服務人員時，剛好看見父親回來。沒拄拐杖的另一隻手抱著什麼東西。文健想起貴賓室入口擺著種類齊全的各國早報。父親拿回來的，是一份日文報紙。

可能性

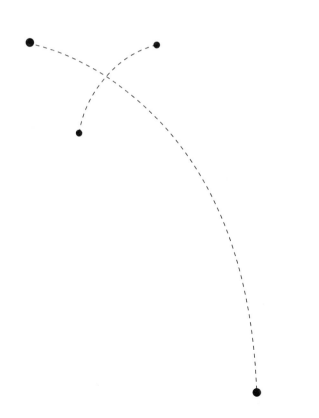

那，就像每年一度的儀式一般。在時鐘前端正跪坐。就像字面的意思那般，一分一秒地，有貴做好準備，等待日期變換的那個瞬間。當短針與長針在數字「12」上重疊成一條直線，注視著這個光景，就可以實際感受到自己移居到了新的時間中。越是在沒有自己出生日期的年頭，迎來三月一日前的這套做法對有貴而言就越為重要。

有貴的生日四年才會出現一次。

在迎來人生第五次生日的幾個月之前，有貴讀到了一段文字。

——較諸言詞，我們能知道的事情更多。

有貴的內心一陣騷動。

——關於那段文字的意思，請再多告訴我一些。

身為每週到校授課一次的兼任講師，S當然不認識大學教室裡大批學生中的有貴。即便如此，他仍舊走到突然來講師休息室門口說要找他的有貴面前，有貴開口說了第一句話後，就一直想不出下一句該接什麼，只是盯著S。S已經花費數年在撰寫博士論文，考察公共空間中的流動元素——如光線、風、聲音等——所扮演的角色。在有貴就讀的大學，他的課程則討論建築和都市既是物理性的型態、也是顯像的空間等議題。有貴終於接著講下去：「我看到那段文字時……」S雖然一時想不起自己為了授課而寫下的一行板書，但視線並沒有離開有貴。「我出生的那個日期，有著會被人略過的命運。究竟是什麼時候呢？應該是從我第三次過生日，也就是小學六年級的時候開始，我就一直思考著這個問題。」有貴有種預感，S所揭示的那個句子中可能有這個疑惑的解答。雖然沒被語言表達出來，卻應該是存在的事物。為了緩解如漩渦一般的思緒，有貴說：

——別看我這個樣子，我才只有四歲。

為什麼會一口氣就對幾乎算是初次見面的S自白了這些事情，她自己也無法說清楚。不過因為這句話，S的臉上的確露出了笑容。

後來，在下課時撥開人群上前向有貴搭話的則是S。「這是我翻舊了的。」S拿出一本書給她，並充滿歉意似地補充道：「好像已經絕版，所以買不到了。」收下這本名為《內隱知識的維度》的書，有貴暗自為S的盛情而感動。不過她借了這本書就一直擺著，似乎沒有歸還的意思。「對我而言這本書有點難……」有貴老實地告訴S。

——這樣的話……

S很自然地提議。

——如果不介意，我可以幫妳。

是先被覆住了手，還是先聽到他這麼說？現在已經回想不起來了。不過，對S這項提議的回答，有貴則記得很清楚。

——要幫我上特別的個人課程嗎？

代替回答，S握住了有貴的手。他的手指跟自己的手指交纏，在有貴的認知裡，這彷彿是發生在別人身上的事。與熱切鼓動的脈搏成正比，開始清醒的腦袋奇妙地思考著。S有他自己的處境。他左手無名指上有個閃耀著光芒的東西，這是從S在大教室裡寫下那句板書時她就知道的事。

迎來當年二月的最後一天之前，有貴凝望S注視著自己的眼睛。三、二、一、零……S倒數的聲音取代了時鐘數字「12」上重合的時針和分針。

在讀完那本書之後，S仍舊繼續幫有貴上個人課程。在毫無預期的情況下延長了授課。

上個月，有貴提交了碩士論文。

下個月，S將要前往某所私立大學就任副教授。

——今年值得慶祝的事情真是一樁接著一樁呢。

S邀有貴前去台灣。為了出席研討會，提前住一晚，那一天我們可以一直在一起，妳的旅費我會全數負擔。對於S的提議，有貴接受了。僅僅是這樣的話，應該可以被原諒吧。

在台灣，有貴第一次和S如戀人般牽著手走在路上。在中央設置著估計有六十公尺高的塔樓的威嚴建築物前，S停下了腳步。

——這裡的正面入口朝向正東，也就是朝著日本蓋的……

在飽含濕氣的風吹拂之下，S解說著。對當時的日本而言，殖民地台灣是最佳的舞台，可以實踐習自歐美、最先進的建築技術。由紅磚和白色花崗岩打造出風格獨特、被稱為「總統府」的建築物，有貴並不覺得是初次見到，反而感覺酷似自己知道的某幢建築。

——是東京車站啊。東京車站和這幢建築物的設計者是師徒。所以抬頭仰望這座塔時，或許有些日本人會被勾起對遙遠東京的鄉愁呢……

雨開始落下。暗沉的紅磚讓人感受到歷史氣息。有貴仰望著過往的「總督府」，睫毛上也落下了雨珠。「我們去躲雨吧。」S提議的聲音有那麼一瞬間聽起來彷彿外語一般。幾分鐘後他們進到一處大約與「總統府」建於相同時期的建築物，裡頭有間蔣介石的夫人經常前往的茶館。有貴指了指菜單上的「milk tea」，而S則直接向女服務生點了一杯咖啡。各種好喝的飲料——珍珠奶茶或水果茶等——多得是，但從抵達台灣起，S就只喝咖啡。有貴揶揄地說：「老師可真是一點都不花心呢。」S的臉色變了。在兩人之間，花心，是禁忌的詞彙。不過，已經沒關係了吧。辛苦撐過S人生中漫長學生時代的妻子所生的孩子也快五歲了。

——對我來說，已經很足夠了。

所謂的今天，是在數不盡的昨天的延長線上，而在眼前，仍也有著數不盡的明天連綿排列著。只要還處在這樣流淌的時序當中，不管迎不迎接生日，自己都確實地、一年一年地老去。活了將近二十四個年頭還假裝自己才六歲，實在不像樣。

——老師已經沒有什麼可以教我的了。

即便今天早上也是，S總是重複說著同樣的事情。「如果妳再多等一段時間，我們將來一定可以……」有貴的心意已決。一旦走出這個房間，我和老師，就形同陌路。

獨自一人走在被朝露濡濕的蒼鬱林木和南國清晨的霧靄中，眼淚簌簌地滑落。雖然她一點也不覺得心痛。

機場的休息室，和隨S下榻的四星級飯店大廳極為相似。踩踏起來腳感舒適的柔軟地毯、間接照明的燈光、優雅的陳設，如此整潔而豪華。這種場所，雖然竭盡全力備妥讓訪客可以放鬆休憩的環境，卻也微微飄盪著一股不願讓人逗留太久的疏離感。至少，現在給有貴的感受正是如此。結果，她昨天一夜未能成眠。在義式濃縮咖啡機前倒滿一杯咖啡，回到方才預先佔好的沙發席。啜飲一口咖啡，著實美味的口感，意外鎮靜了自己的心緒。讓身子沉入沙發中閉上眼睛，突然聽見了一句「ㄓㄜˋ ㄌㄧˇ ㄏㄠˇ ˙ㄇㄚ」。微微睜開眼，有貴身旁的沙發座位有人正要落坐。

是一對男女。

穿著西裝的男人大約五十幾歲，另一位留長髮綁著馬尾，身穿牛仔褲搭配運動鞋、姿態豪邁的女人，大概四十歲出頭吧。

——客戶會說什麼我不清楚，不過最後一天應該能兩個人一起悠閒地度過喔。

——別在意我的事情。最近這陣子，我工作一直很忙。你工作的期間，我可以在東京的旅館裡享受期待中的放鬆時光。

他們在說些什麼，有貴完全無法理解。即便如此，仍舊能感受到交談的兩人之間，飄盪著長年積累下來的親密氣氛。

（較諸言詞，我們能知道的事情更多）

有貴若無其事地偷偷觀察他們，喝著粥的男人戴著結婚戒指，但讀報的女人手指上則沒有戴任何戒指。自己有一天也會來到和這位女性相同的年紀吧。有貴思索著。可是，我不想選擇和她同樣的道路。有貴下了決心。不選擇跟她同樣的道路而獲得的人生，有貴期待著，那應該會更適合自己吧。

儘管如此。

——東京，還是很適合我們。雖然很近，感覺起來卻很遠。

——是啊，對我們來說，真方便。

完全不認識的男女，各自話語聲中沁透著既熟悉又珍愛彼此的某種情愫，溫暖地迷惑著有貴。

兒子

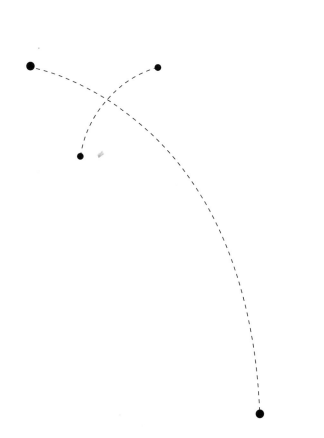

冠宇再一次確認登機證上的座位號碼。自己的座位確實已經坐了人。察覺站在通道上的冠宇一臉迷惑，坐在冠宇座位上的中年男子半起身，說了聲「アアスミマセン（啊，不好意思）」。鄰座與男子大約同齡的婦人也抬頭看著冠宇。「アノ（那個……）」男子說道，似乎判斷出冠宇並非日本人，遂指著鄰座的婦人說「マイワイフ（my wife）」。從對方的舉止來看，冠宇理解他們想要拜託自己換個座位，也就答應了。這對夫婦一同對冠宇點頭說「ㄒㄧㄝㄒㄧㄝ，ㄒㄧㄝˋㄒㄧㄝ˙」。男子告知冠宇的座位號碼位於機艙的最後方。靠走道的座位上，一位與冠宇年紀相仿的女子正在閱讀飛機上的日文雜誌。冠宇先把隨身行李放進上方的行李櫃。他的隨身行李很少，內衣褲、襪子、一件換穿的T恤、錢包。還有，一封邊緣印著藍紅花紋的舊信封。正面以渾圓的字體書寫著以「日本國東京都世田谷區」開頭的地址。翻到背面，可以看到曾一度封起，卻又被強行撕開的痕跡。大概原本取出裡頭的東西打算要丟掉吧。但想要扔掉的這封信最終還是沒能丟棄，就這麼與冠宇嬰兒時的照片一起收在抽屜的深處。那張照片原本也預計要一起抵達「日本國東京都世田谷區……」這個地址——如果不是因為所記的地址查無此地的話。收信者的名字是：

馬場博

多桑。冠宇在心中想著。

聽說，日本的孩子是這麼稱呼父親的。

冠宇則稱父親為爸爸。

然而，冠宇稱為爸爸的人，冠宇的母親則稱他為大哥。

冠宇的戶籍登記在母親的親哥哥——也就是舅舅的名下，成為養子。

冠宇的母親實際的戶籍上仍是未婚。

孩提時代，對於自己稱為爸爸和媽媽的兩個人，其實不是夫婦而是兄妹一事，他並未特別感到不可思議。每個孩子或多或少都會有這種傾向，冠宇也把自己家中的情況當作普遍的標準套用到全世界。冠宇的祖母和伯父伯母、包含冠宇在內的四個小孩還有冠宇的母親，一家人住在一起。家中的主事者是祖母。舅舅總是煩惱著如何經營走下坡的旅館而鮮少能回家，而舅舅的另一半舅媽也在外頭工作。母親則經營一家以飲酒的客人為對象的小餐館，白天都在她自己（和冠宇）的房間睡覺。祖母平等地對待冠宇和其他的表兄弟們。表兄弟的母親——也就是舅媽，雖然順從祖母，但和小姑總處不來，對於冠宇則帶著微妙的疏離感，不過表兄弟們和祖母、舅舅一樣，都把冠宇當成自己的弟弟。當冠宇在學校裡被嘲笑是「piáu-kiánn（婊子的兒子）」而哭泣時，大哥——最年長的表哥——曾衝來解救，並當眾宣布：這傢伙跟我們是同一個爸爸生的！

——喂，你真的打算去日本嗎？

現在已經有兩個兒子的大哥，以嚴肅的表情問冠宇。

（世田谷區，究竟在東京的哪一帶？）

如果是她，應該知道吧。冠宇估量著鄰座的女性。當冠宇要坐到靠窗的座位時，她還笑盈盈地特地站了起來讓他通過，想必是個親切的人。就算如此，要是被問到世田谷區怎麼去，肯定還是會感到困擾吧。絕對會被回問「怎麼回事」，到時自己又該怎麼回答才好？想到這裡，冠宇終究沒跟那位女性攀談。況且，飛機一起飛後她就把毛毯嚴實地蓋到脖子，然後閉眼休息了。

冠宇是在偶然的情況下知道自己的母親有日本戀人。高中畢業後，將以「役男」身分開始接受新兵訓練的幾個星期前，因為沒其他的事情可做，晚上他便去母親的店內幫忙。那天夜裡，一位與母親二十年沒見的客人來訪。這位看來五十多歲的客人，不停稱讚母親：「妳完全沒變吶，我還以為不是妳，是妳的女兒呢，世界上只有這裡的時間停止啦！」隨著酒水下肚，他才突然說漏了一句：「Kiò-tsò siánn-mih? Hit ê it-ti̍t jiok lí ê li̍t-pún-lâng……（叫什麼名字？那個很迷戀妳的日本人……）」正在吧檯一隅把大蒜切得細碎的冠宇聽到了男客人的台語，心中湧起一陣騷動，不覺停下手來。他在說些什麼？「那個很迷戀妳的日本人……」母親回應男客人道：「那時候真是日本人的天下呢。」男人皺起眉頭，感嘆道：「不只那個時候啊，從更久之前日本人就會在台灣擺臭架子了。」母親則委婉地反駁：「也不是多久之前的事情呀。」男人則把話鋒轉了回來。

——……話說回來，妳那個時候生的嬰兒，現在也差不多到要當兵的年紀了吧？

冠宇看著母親的側臉。母親一臉若無其事的樣子說道：「倒是你，就算已經有了孫子也不奇怪吧。」一邊給男客斟酒。

——媽媽有日本男朋友嗎？

原本打算假裝開玩笑，卻因為緊張而聲音發抖。就算如此，也比直接問「我父親是日本人嗎？」來得好些。在此之前，冠宇並非對自己出生的祕密完全不在意。他不是沒思考過自己生物學上的父親——有別於到十八歲為止都把自己當親生兒子一樣扶養的爸爸。

（媽媽究竟是跟誰生下我的？）

曾經有一次，他正在和女朋友做那檔事時，半途中思緒竟被這件事佔據，結果無法繼續做下去，被對方狠狠責問了一頓。只是，他從來沒想過讓母親懷孕生下自己的男人竟然是日本人。那天，母親背對著冠宇說「我曾經非常幸福」，等於承認了這個事實。不過母親同時也渾身散發出「除此之外一律不准再問」的氣勢。「你爸爸把跟你媽媽過去的那件事徹底斬斷了。什麼男朋友，不過是有錢的日本人打發時間的把戲，在耳邊說幾句甜言蜜語那女人就傻乎乎地被騙了，結果……」把冠宇養大的父親——也就是他的爸爸、他母親的親哥哥——硬是把「竟然還生下了小孩」這句到嘴邊的話嚥了下去。

爸爸和媽媽只有彼此這麼一個手足，而且他們也是與自己父親緣分很淺的孩子。爸爸的父親，也就是祖母的第一任丈夫，為了替日本士兵負擔雜務而成為軍夫，並被送到南方戰線，在那裡被捲入空襲而死。而媽媽的父親初次見到變成寡婦的祖母，便把她納為最小的姨太太。他跟祖母的年齡相差三十幾歲。親戚們因為害怕分遺產時又得多分一份出去，所以不許祖母入丈夫的戶籍。冠宇的舅舅正因為兄妹倆有過這樣的遭遇，所以才沒法對和生父緣薄的冠宇棄之不顧。

——這孩子的父親就是我。

爸爸對周遭宣示的身影，冠宇從小就親眼看過數次。正因為知道自己的身世與日本人有關，所以冠宇更認定自己的父親只有爸爸而已。玩弄媽媽後又將她拋棄的日本人，誰管他。之後沒多久，冠宇剃了個大光頭，因為他跟在爸爸、哥哥們後面，也成為「役男」要去履行義務了。結束兩個月的新兵訓練後，他在抽籤下部隊時中了大獎。當知道冠宇的駐紮地時，他女朋友還哭著說「你可別丟下我一個人死掉」。「我一定會等你兩年的……」冠宇總是走到滿是岩石的海岸閱讀她寫來的信件。最初她會寫來長達數頁的信件，而且一週大概會寄來兩、三封，之後頻率便逐漸降低，過了一年，信件內容更是越來越沒有感情。雖然隱約有所覺悟，但當親眼看到「我下個月要結婚了」的字跡時，冠宇還是感到相當震撼。那一天霧氣稀薄，可以看到對岸福建省的剪影。過往曾經每隔一天就暴露在砲擊之下的海岸，黃昏的景色是如此美麗，受訓中的年輕士兵從信上得知女友和其他男人結婚後，便在此把前女友的信撕碎扔入海底，隨浪而去正合適。

掉到失意谷底的冠宇心中，突然湧現母親說過的那句話。

——我曾經非常幸福。

在那個瞬間，他猛然體悟到，自己應該要去一趟日本。

母親的梳妝檯抽屜深處，那個同時裝著自己襁褓中照片的信封上，以原子筆寫下的字跡雖然褪了色，但還不至於無法辨識。

冠宇思索著。這個住在東京世田谷區、名為馬場博的男人，恐怕是有妻小的。極有可能和方才與冠宇交換座位的男性一樣，長年有妻子相伴，過著穩妥的生活。二十年前曾經要好過的台灣女人所生下的兒子突然出現眼前，肯定會造成對方的困擾，八成不會歡迎他的到來。何況對那個男人而言，跟母親的關係大概不過是逢場作戲罷了。加上信件因查不到所寫的住址而被退回，也說明住址可能並不正確。又或者，那個名字可能只是個假名。即便如此也無所謂，反正尋找馬場博並不是這趟旅途的目的，冠宇想著。就算只有短短的時間也好，他仍想到那個曾經讓媽媽覺得非常幸福的男人的國家看看。旅行的理由僅只如此。

「多桑……」

一直以為正在睡覺的鄰座女子突然瞄了冠宇一眼。冠宇慌張地閉上了嘴。

鳳梨酥（オンライソー〔Onraiso〕）

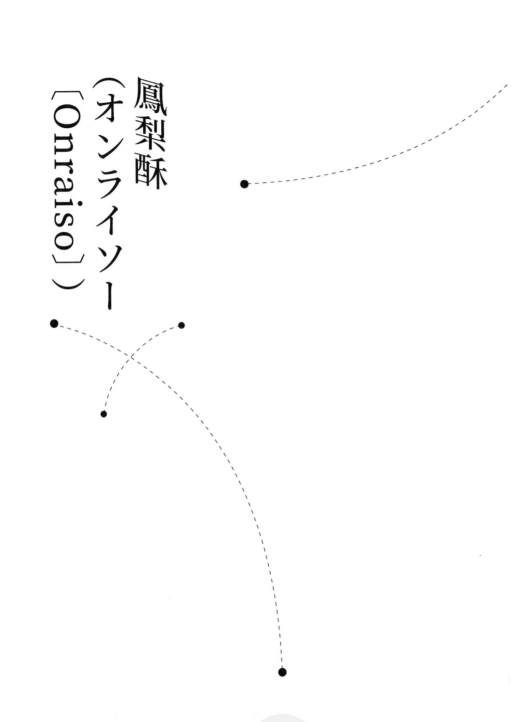

「別說得一派輕鬆。」

靖之察覺結子的話中帶刺時已經太遲了。「你以為究竟是為了誰呀！」繼續叨唸著的結子，臉色明顯變得難看。面對怒視自己的妻子，靖之輕輕應了一聲，原本打算盡量平穩地應付過去，但他卻只能做出這種即便被誤認為心不在焉也無話可說的反應，確實不太妙。

「會被討厭的可是我啊！」

一旁正在購物的年輕男女看向這邊。

「我可不是因為喜歡才買東西給媽媽……」

「冷靜點。」靖之抓住結子的手腕。「放開我！」越過結子扭動著的肩膀，可以看到對他們的情況感到好奇的人們。就在眼前有夫婦吵架，大概任何人都會關注吧。特別是妻子還是一名孕婦。靖之更用力地抓緊因生氣而臉頰泛紅的結子手腕，懇求她「冷靜下來」。雖然對靖之的怒火依舊無法壓抑，但結子似乎也注意到了周遭的眼光。

「……夠了，暫時讓我一個人靜一靜。」

結子背對靖之迅速地跨步離開。靖之原本想叫她等等，但還是把這句話嚥了下去。因為根據過往的經驗，這種時候在結子冷靜之前還是保持距離為佳。何況，再過一個鐘頭就要搭同一班機返回日本了。嘆著氣環視周圍，有一位上了年紀、拄著拐杖的女士正對他微笑。她的眼神中明顯帶著同情，大概是看到了整個過程吧。不，看到的不僅只這位女士。突然意識到這點後，靖之開始對周遭的視線感到不適，也趕緊離開了現場。

台北松山機場的航廈給人又窄又長的印象。面向飛機跑道的窗戶旁設置著一長排沙發，有正在哄嬰兒的女性；也有淘氣地玩耍的年幼孩子；還有男子拿著尺寸接近登機上限的手提行李，一手放在行李上打著瞌睡，這些畫面都映入了靖之的眼簾。另一側則是包含了名牌免稅店在內的菸酒、茶葉、點心、雜貨等各式各樣的土產商店一字排開。實際上，靖之早已把候機大廳的商店從頭到尾逛過一遍了，但與其說自己想逛，不如說他只是跟著結子。

對於要給靖之母親的伴手禮，結子非常地在意。正以為她神情嚴肅地考慮包括凍頂烏龍茶在內的各種茶葉時，她又來到陳列著印有「我的美麗日記」字樣的美容面膜專櫃前沉思。靖之越過結子的肩膀，出聲說道：「這個不是不錯嗎？」結果結子說：

「不行。我覺得媽媽一定會嗤之以鼻，說這種東西我才不用。」

結子皺著眉搖搖頭。確實沒錯，靖之苦笑著表示同意。到了下一家商店，結子喃喃說道：「還是買泡茶用的保溫瓶吧。」昨天下午，他們在迪化街茶藝館找到附有濾茶器的水瓶，放入茶葉或茶包後，只要添入冷水或熱水便可享用，這樣的設計在日本並不常見，結子買來當作送給自己雙親的伴手禮。靖之認為長年喜好茶道的母親不會使用那種容器喝茶，雖然想這麼說，不過看到結子神情苦惱地物色附濾茶器的水瓶，終究還是無法插嘴。但結子卻又把拿在手上的水瓶放回架上。

「這個肯定也不行。跟我爸媽不同，媽對茶的講究實在太多了。」

靖之打算安撫嘆氣的結子，說了句「給媽的禮物隨便買買就好啦」，就在這個時候，結子的表情沉了下來。站在靖之的立場，原本想說的是沒有必要為了買禮物給自己的母親花費那麼多心思，趕緊買買就告一段落吧，結果萬萬沒想到反而讓結子暴怒。

簡單來說，靖之會覺得結子怎麼突然就生氣了，但對結子而言，卻是在不斷忍耐之後才爆發出來的，因為一直重蹈覆轍，所以才產生這樣的結果。用結子的話來說，就是靖之的感受有點遲鈍；靖之則認為因為感受敏銳，所以結子才會有點神經質。特別是懷上孩子後的這五個半月，情緒特別不穩定。

——又不是第一個孫子，用輕鬆的心情看待就好囉。

於是靖之就照著字面上的意義來理解母親所說的這句話，但後來結子卻哭天喊地，說媽媽有姊姊的小孩就滿足了，覺得我們的孩子怎樣都無所謂。

——就算沒跟你說出那個意思，我也知道媽媽討厭我！

靖之停下了腳步，想著要幫現在大概在機場某處試著冷靜下來的妻子買一份台灣土產給自己的母親。雖然這種事時常發生，不過這次他又沒注意到結子生氣的徵兆，所以打算藉由自己買禮物來贖罪。而且既然是兒子挑的，母親應該就不會特意去對結子囉唆什麼了吧。朝著第一眼見到的商店望去，在最顯眼的地方陳列著數量眾多的鳳梨酥。不愧是台灣名產，有著各式各樣的品牌。「シショクイカガデスカ（要試吃嗎）？」聽到對方的話，他一瞬間沒意識到那是日語。回過頭來，女店員向靖之端出一個小盤子，盤子中擺放著切成一口大小的鳳梨酥。「イカガデスカ（試試看嗎）？」女店員重複說著。「ハイ（好）」，靖之直覺反應地拿起插著牙籤的鳳梨酥試吃。對於鳳梨酥外皮酥鬆的口感他最初有點不習慣，但咬碎了之後，除了鳳梨果醬外，還有些微的酸味和甜味在口中擴散開來。就在那個瞬間，遙遠的記憶突然甦醒，他想起自己以前吃過這個東西。抬起眼一看，正好看到「鳳梨酥」幾個字。オンライソー（onraiso），透過片假名在腦袋中拼出讀音時，記憶又更加鮮明起來。

那個家玄關外的前庭，擺著大大小小的盆栽，有棕櫚竹、橡皮樹、棕櫚等，盡是象徵南國的植物，其中最引人注目的就是天堂鳥了。濃綠的樹葉形狀就像香蕉葉，和其他植物相比大上許多，因此沾上灰塵時也特別醒目。即便是孩提時代，他也知道那個庭園給人沒怎麼打理、雜亂無章的印象。打開大門後，飄盪著一股夾雜些許霉味和墨汁的氣味。在那幢木造住家最裡頭鋪著木板的房間中，幾乎每天都有教孩童寫書法的課程。松本身為那個家的主人，為了讓當地的孩子傳承這份文化，並追尋自己老年生涯的人生價值，所以並不收取學費。這附近的孩子們幾乎都前往松本開辦的「書法教室」學習。畢竟應該沒有家長不願自己的小孩寫得一手好字，更何況還不需要付費。靖之也在小學一年級時跟在兩個姊姊後面，開始前往松本的教室。對於學寫書法這件事，靖之既不喜歡也不討厭，不過每週能和上小學之後四散的兒時玩伴碰一次面，靖之倒是相當開心。那天也是，他一邊想著要跟朋友們交換的貼紙，一邊穿過了微暗的前庭，打開玄關大門。

——喔！是靖啊。那麼今天幸運的傢伙就是你啦。

一進到鋪著木板的房間，松本就突然這麼說。發生了什麼事？靖之抬頭一看，正好與站在松本身旁的小林四目相望。她在幼稚園大班的時候也和靖之同班。其他的朋友們都還沒到教室。

——林帶了甜點來囉。

聽到有甜點，他的內心掀起一陣歡愉的悸動。松本從盒子裡抓出一塊個別包裝好的甜點，交給靖之。在鳳梨圖案的旁邊，寫著幾個很難的字。松本帶著揶揄的口吻問靖之：「你知道怎麼唸嗎？」「我怎麼可能知道。」靖之歪著頭回答。

——林，妳教教靖。

松本以手肘推推小林，小林稍稍猶豫了一下，呢喃道「ông-lâi-soo」。おんらいそー（onraiso）？靖之不覺鸚鵡學舌般地重複了一次，對此松本很開心地笑著說：「你的台語發音很不錯吶。」這時靖之才終於理解，原來おんらいそー（onraiso）是小林的國家的語言。「鳳梨酥（ông-lâi-soo）是台灣的甜點……台灣人啊，是相當樸實又充滿人情味的人。而且還保有現在日本人已經喪失的端正禮儀，林和她媽媽就是這樣啊……」松本頻頻舉例說明。包括靖之在內，其他的男孩子對於松本老師褒獎小林並沒有特別的想法，不過女孩子當中，就有些人會私底下說「老師都偏愛她」。或許小林也知道這種情況，所以當松本關注自己的時候總是一副很不自在的樣子。現在回想起來，那個時候也是如此。

——那麼，林，其他的水果妳也能用故鄉的語言說嗎？靖之，你也想學吧？你想知道什麼水果？

在松本促使下，靖之便向小林說：「那就……蘋果。」

——……ㄆㄧㄥˊㄍㄨㄛˇ。

ピングォ（pinguo）。靖之複誦了小林教他的異國音調，卻被松本詫異的聲音打斷了。

——那是支那語吧！妳也是台灣人啊，不要用那種獨裁者的語言，要認真學台語才對吧……

小林面無表情，松本還繼續說下去：「這不是妳故鄉的語言吧……」

松本所說的話，靖之實在不太能理解。比起這個，他更想趕快品嚐一下從剛才就放在一旁的鳳梨酥的味道。

（原來是這樣的味道啊。）

二十幾年前的回憶突然湧上心頭，靖之一陣感慨。當結子說想要來台灣，以及這三天在台灣旅行的時候，他完全沒有想起這段往事。

——台灣，現在被支那所據有。說起來真是可憐啊。林，妳的父母也很痛苦吧？真正的台灣人應該不想說什麼中文吧。

不斷說著有關台灣的話題，也是因為松本自身出生在台灣的緣故。話說回來，靖之是在松本過世之後才知道這件事情。詳細的情況他早已記不清楚，大概就是松本的父親是國家的重要人物，因為某個理由前往台灣，並在當地生下了松本。當松本在台灣時代的朋友——這一群老人合唱日文歌曲「故鄉」時，已經是大學生的靖之還曾抱著奇妙的心情聆聽。在松本的葬禮上，他也遇到了幾位時隔多年未曾相見的兒時友人，不過卻沒見到松本最掛心的小林。「約了可是她說不想來。」與小林上同一所高中的女孩子說道。

靖之試吃完後正在斟酌，店員又推薦了其他的商品，問道「イカガデスカ（您覺得如何）？」。「不用了。」他一邊把牙籤丟入垃圾桶中一邊說：

「請給我一盒這個。」

靖之指著鳳梨照片旁印有鳳梨酥字樣的盒子。

買完後他依照登機證上列印的資訊前往登機口，立刻與坐在一旁沙發上、似乎仍在嘔氣的結子四目相接。雖然有點膽怯，靖之還是走到妻子身旁。

「那個……是什麼？」

結子以眼神示意，看著靖之提著的袋子詢問。オンライ（onrai〔鳳梨〕），話一出口靖之又趕緊改以日語說「鳳梨酥」。

「鳳梨酥？」

「嗯，給媽媽的伴手禮。」

「……」

果然，隨便買買還是要挨結子罵啊。邊這麼想邊做好挨罵的準備，沒想到結子卻以細微的音量說了聲「謝謝」。因為鬆了一口氣，靖之的臉上浮現笑容，結子的表情也和緩許多。靖之終於在結子身旁落坐，結子則把頭靠到他的肩膀上。

「怎麼樣？」

「嗯？」

「台灣啊。小靖也玩得開心嗎？」

靖之這才察覺結子是在關心自己這趟旅程是否開心。那還用說。這趟旅程靖之非常地愉快，如果沒有結子帶他來台灣，大概享受不到如此快樂的假期吧。

「當然！」

靖之用力點了點頭。結子似乎對他的反應感到吃驚。靖之接著說：

「有機會我還想再來，可是……」

「可是？」

「下次來之前，我要努力多學一些英語會話。」

結子的臉上終於露出笑容。因為靖之的英文完全不行，這趟旅行都依賴結子溝通。「傻瓜呢，」結子邊說邊握住靖之的手：

「如果來台灣，應該說中文才對吧。」

一百分滿分

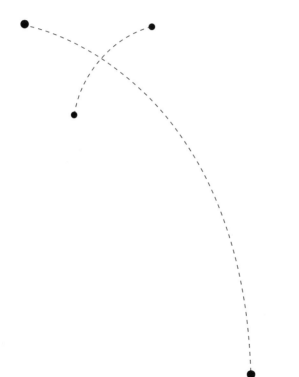

羽田機場唯一的國際線候機室擠滿了人。

一方面因為是平日傍晚，所以像他們這樣的觀光客不多，映入眼簾的盡是穿著黑色或灰色西裝、繫著領帶的日本上班族。好不容易找到了兩個人的座位。因為妻子去了化妝室，寬臣便一個人先坐了下來。

「……比預定的慢了許多呀。旅行期間，最好別期待會有像樣的咖啡。」

說話的人帶著抱怨般的刺耳口吻。聲音來自他斜前方圍成一圈的男性三人組。

「不管怎麼說，都跟韓國不一樣，親日得很。只要說是日本人都會受到歡迎。女人也是……」

男人們下流的竊笑讓人無法忍受。他想找找有沒有其他空位，但四下一望，位子都被坐滿了。

「唉呀，怎麼啦？」

從化妝室回來的妻子問道。寬臣沒有特意說明，只以眼光示意那群男人。妻子在他身旁坐下後，男人們仍然繼續交談，對台灣的各種事物品頭論足。寬臣試著以咳嗽聲提醒他們，不過這些年紀大約在三十五到四十五歲之間的男人完全沒有要理會寬臣夫婦的樣子。寬臣窺探著妻子。妻子畢業自日治時期的高等女學校，這些男人談話的內容她應該都能理解。**In tsai-iánn guán lóng thiann-ū Lı̍t-pún-uē……**（他們知道我們都聽得懂日語……）面對寬臣不知是憤怒還是嘆息的喃喃自語，妻子卻說出了完全不相干的話題：

「好厲害呀。手一伸到水龍頭底下，水就會自動流出來。日本果然很不得了呢……」

Lı̍t-pún, put-tik-liáu.（日本，不得了。）

Lı̍t-pún-lâng, put-tik-liáu.（日本人，不得了。）

在女兒和女婿生活的東京度過的這三天，妻子不斷對日本表示讚美。

寬臣雖然不若妻子那般直接說出口，但不能否認的是，他對眼前的各種場景也抱持著相同的感慨。各處的公共廁所乾淨到令人訝異；計程車的車門會自動打開；只要按下機器的按鈕即可買到火車票。「不是火車票，是電車票啦！」上個月剛滿七歲的孫女還這麼訂正祖母的遣辭。雖然女婿苦笑著說：「哪個說法都行吧。」不過寬臣的妻子卻開心地對著孫女點頭道：

——妳說得沒錯呀，現在都叫電車了呢。

在台灣的時候明明還是個嬰孩，但這孩子現在已經像個小大人般伶牙俐齒，而且最近不論用什麼語言跟她交談，她一律以日語回答。

造訪女兒一家人居住的大樓時，孫女被母親催促「帶祖父和祖母去看看妳的『房間』」後，便走到擺設在客廳一隅的兒童書桌前，把學習用品一字排開。教科書、筆記本、練習本……而吸引寬臣目光的，是一張已經打好分數的「國語」考卷。身旁的妻子佩服地稱讚：「哇，一百分滿分呢。好厲害！」在考卷空白處還有一行字跡，以紅筆寫著「回答得很好」。凝視著孫女的國語老師所寫的端正筆跡，立刻挑動了他塵封的記憶。

——很好，寫得非常好。

寬臣確實也曾經被老師如此褒獎過。那，已經是超過半世紀前的事情了。

——不只是國語喔，算術也是一百分。不過，我比較喜歡國語。我長大以後，想當寫書的人。

「妳想當作家啊！」寬臣如此回應。「ㄗㄨㄛˋ ㄐㄧㄚ？」

——對呀，作家。寫書的人就叫作作家喔。

「以作家為志向」的七歲孫女，把祖母不經意說出口的「火車」訂正為「電車」後，又接了一句：

——不過，奶奶的日語，比媽媽好得多呢！

天真無邪，口沒遮攔。她的母親瞪了一眼愛女說「ná àn-ne kóng（怎麼這麼說話）」，又對著寬臣夫婦吐了吐舌頭。那動作跟她少女時期簡直一模一樣，只要遇到尷尬的狀況，這孩子就會這麼做。妻子微笑著，一副不以為意的模樣，至於站在妻子身旁的自己究竟浮現了什麼表情，寬臣已經想不起來。女婿則說「I kóng-liáu tio̍h（她說得對）」，贊成自己女兒的意見。

——妳外祖父外祖母的日語，遠比爸爸媽媽好。

先不論女兒，寬臣認為，得知要前往東京赴任後才在台北的日語補習班接受特訓的女婿，日語並沒有那麼差。即便如此，聽在成長於日本的孫女耳裡，妻子和自己說的日語似乎比她的父親和母親更為流暢。說這件事情完全不值得自豪是騙人的，但寬臣的心境卻相當複雜。

自己在和孫女大約同樣年紀的時候，一被喊「Hiromi 桑」，就覺得好似變成什麼了不起的人物般開心。而且學校的老師們都很溫柔。「開了，開了，櫻花開了；日之丸旗，萬歲，萬歲，萬歲……」當時寬臣熱切背誦著國語教科書上的文章，祖父正好從他身旁經過。覺得自己正被盯著瞧而一個轉頭，祖父卻說：「最近的孩子們真是可憐啊，不讀『三字經』跟『四書五經』，反而被要求背這種玩意兒……」對於已屆學齡期的寬臣，即便父親、母親或叔母等人都改口叫他「Hiromi」，祖父還是一直以閩南語發音的「khuan-sìn」叫他。得知天皇、皇后兩陛下喜獲麟兒的新聞，祖母、母親和叔母她們都很興奮，祖父卻只是嘆息著搖頭。

——就因為有像你們這樣的傢伙，日本人才能竊笑著任意操弄台灣人，把台灣人玩弄於股掌之上啊。

寬臣的祖父留著長長的鬍鬚，拒絕日本式的衣服或者洋式的西裝，總是穿著唐裝。那一身裝束，跟鎮上關帝廟供奉的關聖帝君倒是挺相似。然而那所廟宇也在寬臣進入公學校就讀那年被拆毀，原址上又建造了日本式的神社。與祖父這位滿懷鄉愁、總是抱怨不斷的隱逸之士不同，寬臣的父親更注重現實。

——內公已經過時了啦。你們身為新時代的人，為了存活下去，一定要遵從學校老師說的話。

無奈的是，作為一家之主的父親有養活全家人的義務，為了做生意不得不討好日本人。

那一天，祖父對家人大喝一聲，說道：「我們可是戰勝了喔，看看你們，竟然一個個全都哭喪著臉！」在那之後，祖父彷彿因為日本戰敗而恢復了自己的威信般，東山再起似地重返一家之長的寶座，命令大家在祭壇上備好祖先的牌位。

——已經沒有必要顧慮日本人了。可以堂堂正正地祭祀我們的神明了。

lán-ê sîn-bîn（我們的神明）。寬臣的腦海裡掠過了與幼時所見的祖父風貌相仿、留著一口長髭的神明。一如祖父的預言，佔用關帝廟遺址搭建起來的日本式神社，在接續日軍大舉進駐的「祖國」軍隊手中迅速被拆毀。

還記得，寬臣跟著父親一起呆立在被毀壞的神社旁。頭上的陽光照射著腳邊的碎片，碎片上依稀可見文字，寬臣定睛一看，是「昭和」二字。比起幾週前，在灼熱的太陽下被動員排隊去聽「玉音放送」時，這個時候更讓人切身感受到那股炙熱。日本，完了。比起寬臣，父親更加不知所措。父親的「後援」像遭驅逐一般陸陸續續離開了台灣。

……機場廣播流洩出前往台北的登機訊息。不過那不是寬臣跟妻子要搭乘的班次。聚集在斜前方的上班族接二連三地起身。寬臣鬆了一口氣。畢竟他實在不想跟那些傢伙搭同一班飛機回去。再說，最近幾年日本人好像又開始大批前來台灣了，寬臣尋思。

——日本人很有幹勁，每個人都非常努力，所以才成就了值得向世界誇耀的技術。我們每天都在向他們學習這種作風。

面對寬臣，女婿平靜地說。寬臣認為女婿並沒有對他們說謊。只是寬臣兀自想像，自己的女婿為了讓日本客戶喝上一杯「像樣的咖啡」，或許也曾在台灣四處找尋像樣的餐飲店吧。為了跟日本人這個重要的生意對象建立良好的關係，他們無不挖空心思、繃緊神經，連這也認定是工作的一部分。「日本人很親切呀！」女兒接著丈夫的話說。

——Jı̍p-pún-lâng tùi góan chin-chhin-chhia.（日本人對我們很親切。）

特別如此強調，大概是為了讓他們安心吧。因此寬臣和妻子對身處異國的女兒這樣的發言不加評論，只是點點頭。孫女則插嘴說：「我比較喜歡台灣。」「喔，為什麼？」祖母用日語問道。孫女以悅耳的童音說明：「因為不用去學校也沒關係，每天都可以去百貨公司和餐廳啊……」「而且還有祖父跟祖母在呢。」女婿沒有反駁，對稚女的說詞照單全收，不過寬臣的女兒卻不認同。

——因為我們去台灣的時候，都是暑假或寒假，Lí nā-sī tīTâi-uân tōa-hàn（妳要是在台灣長大），也得上台灣的學校，不可能每天去百貨公司或餐廳啦！

就算孫女開口只會說日語，但她以認真的表情注視著母親說話，令寬臣確信她不僅理解母親所說的台語，也確實理解那幾句中文……「因為我們去台灣都是放假的時候喔。」「如果妳在那邊長大就一樣得去學校，也不可能每天去百貨公司和餐廳啦……」母親說的話確實能傳達給女兒。如果理解彼此的意思，就算親子之間各自說著不同的語言，也不特別奇怪。然而，面對自己那變得只說中文的孩子們，寬臣曾經憤怒地吼道：「Lín-sī Tâi-ôan-lân, ài-kóng Tâi-uân-ōe.」

──你們是台灣人，要講台灣話！

雖然過往某個時期，自己也曾經認為台語什麼的是像祖父那種過時的人在說的語言。那之後又過了四分之一世紀，如今在羽田機場的候機室中，寬臣只覺得一陣惆悵。

「唷，又出現了。」妻子小聲地說道。她突然說日語，讓寬臣納悶著發生了什麼事，順著她的視線往前一望，電視畫面上播放著午後的綜藝節目，一位清純的年輕女孩綻開優雅的微笑正對著鏡頭揮手。是當今天皇次子的未婚妻。寬臣和太太在日本的這幾天，沒有一天不看到這位現代灰姑娘在電視上微笑的模樣。對剛替先皇送完終的日本國民而言，新天皇的兒子訂下婚約，應當是值得高舉雙手慶賀的喜事吧。加上王子傾心的女性如此惹人憐愛，也就更博得國民的關注了。即便如此，寬臣想著，我還記得這女孩未來的公公──也就是當今天皇──剛獲得皇室期待已久的兒子時的新聞，這樣說來，我也確實老了呀。

「時間過得真快啊。」

電視上的綜藝節目切入廣告時，妻子感慨地喃喃自語。

「只是一小段時間沒見，就越長越大了。以後一定是像她爸爸吧，會變得越來越聰明……」

妻子從手提包內拿出仔細折疊好的一張紙。寬臣正想著那是什麼，原來是孫女的國語考卷。妻子以日語說了聲「一百分」，寬臣只是默默聽著。「我長大以後，想當寫書的人。」孫女這麼說的時候，眼神是如此澄澈。很久以前的自己，臉上肯定也露出了同樣的表情吧。那個時候，自己也拿過好幾次一百分。至少他一定是學校老師們會打包票說「表現傑出」的模範生。當時無論是誰，都稱讚他是好孩子，只有一個人除外，那就是祖父。寬臣的腦海裡又浮現出陽光下茫然呆立在被拆毀的日本神社殘跡中的父親身姿。直到一年前日本都還在使用「昭和」年號，但是在台灣，這個年號已經在那個夏天戛然而止。

抵達

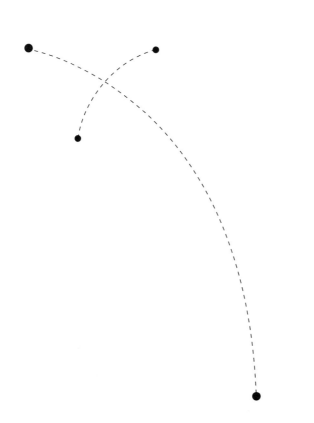

一位母親帶著兒子走過咲蓉的身邊。牽著母親的手走路的男孩大概只有三歲吧。背著大背包的父親則走在稍遠處，跟隨著妻子和幼子。咲蓉回想，她在松山機場——日語稱台北松山空港——的候機室看過他們。在電動步道的入口，母親將兒子抱了起來。飛機！童稚的聲音響起，背著背包的男人貼著男孩的臉頰說：

——對啊，我們坐那飛機到日本來！

挑高玻璃窗外寬廣的天空，連一片雲朵都沒有。

咲蓉沒有走上電動步道。手上抓著登機證和護照，她在鋪著地毯的通路上緩緩前進。羽田機場——東京國際空港——出入境審查的海關前流動著連綿的隊伍，布質的繩索分出三個區塊。

右端，是專為歸國日本人設置的窗口。

左端，是入境日本的外國人隊伍。

中間，則是雖然沒有日本的護照，但持有包括永久居留權在內的中長期居留資格的「再入國者」隊伍。

咲蓉排到正中央隊伍的最後。

三歲隨著雙親來日本之後，除去旅行和不滿一年的留學期間，咲蓉一直居住在東京。

在三歲之前，她幾乎每天都被祖父母家人數眾多的長輩所圍繞，大姑公夫妻、阿公阿嬤、阿伯夫婦，加上堂表兄弟姊妹們，還有總是往娘家跑的姑姑與表姐、以叔叔未婚妻的身分出現在家中的阿嬸、剛退伍的小叔叔、還是學生的小姑姑……

翠蓉當時還沒出生。

咲蓉和翠蓉的父親是兄弟，她們是堂姊妹。

阿嬸在咲蓉的母親生下第二胎——也就是咲蓉的妹妹——的東京醫院裡產下翠蓉。

那是咲蓉五歲、妹妹笑美兩歲時的事情。

叔叔一家人住得很近，還是小孩的咲蓉徒步前往也只需花五分鐘的時間。兩個家庭的重心都是小嬰兒。連兩歲的笑美也跟咲蓉爭著寵愛翠蓉。

這樣的畫面看在家長的眼中，彷彿與幾年之前其他孩子搶著跟咲蓉玩耍的光景重合。

嬰兒是整個家族的寶貝。

咲蓉念小學二年級的時候，叔父一家人回台灣了。那時翠蓉才剛滿三歲。

因為「翠」這個字的日語讀音，大家都稱翠蓉為「Midori」。

翠蓉的 Line 帳號也是「midori74」。

咲蓉的帳號則是「hsiao-jung55」。

TANG, HSIAO JUNG

這是咲蓉的護照姓名欄上與「唐咲蓉」並記的英文。

咲蓉從三歲起就持續更新的護照，一直都是深綠色的。封面上「中華民國 REPUBLIC OF CHINA」的國名閃耀著金色的光輝。在太陽符號的正中央，印著「TAIWAN」的字樣。

因為拿著這本護照，所以在台灣機場接受出入境審查時，咲蓉都是排在「持中華民國護照旅客」那一列。只要持有這本護照，不只從日本回台灣——嚴格來說是中華民國——從其他各國回台時，咲蓉都可以接受與台灣人相同的入境處理程序。

她這次回國，是為了參加翠蓉的訂婚儀式——日語稱婚約披露宴。

抵達台北的咲蓉，因為搭捷運反而會繞遠路，所以搭乘計程車前往祖母和叔父一家人居住的地方。

那是位於行天宮後側巷弄內，一棟十二層樓的建築。祖母住在七樓的一號房，叔父夫婦及堂弟則居住在二號房。白天祖母大都待在有祖先牌位的叔父家客廳。

咲蓉扭開七〇二號房的把手，大門並未上鎖。

好懷念。等不及說出口，這股情感已經迅速盈滿了咲蓉的胸口。來到台灣親戚的家中，不論過往還是今日，總是充斥著神明桌的焚香味，和以八角等香料燉肉或滷蛋的味道。

一進門，就看到夕陽餘暉下祖母的背影。

「奶奶！」咲蓉以日語呼喚祖母。

咲蓉的祖母連人帶輪椅花了很長的時間慢慢轉過來。「奶奶！」祖母認出又叫了她一聲的咲蓉，浮現了滿臉的笑容。

——唉呀……妳長大了呢！

祖母一面握緊咲蓉的手，一面以流暢的日語感嘆地說。她大概把孫女咲蓉誤認成哪一個曾孫了吧。不過，咲蓉並沒有糾正她。

這幾年，咲蓉的堂兄弟姊妹們陸陸續續生下了孩子。

年屆九十的祖母膝下有九個曾孫。接下來應該還會繼續增加吧。

——肚子餓了吧？就快要吃晚飯了，再等一下喔。咲蓉真是個好孩子啊……

不對，祖母很清楚我是咲蓉。不過，咲蓉尋思，祖母眼裡看到的，恐怕是年僅十歲或八歲的我吧。祖母的情況最近越來越嚴重，會在半世紀以前的記憶和僅僅五分鐘前發生的事情間毫無邏輯地來回跳躍。儘管對旁人而言祖母的思路缺乏脈絡，但對祖母本人來說，想必所有事情都是清晰地環環相扣吧。聽到交談的聲音，阿梅從廚房探出頭來。她是大約一年前聘來照護祖母兼做家事的女性。「阿梅阿姨妳好。」咲蓉出聲打招呼，阿梅回了一句：「一個人？」咲蓉點點頭，阿梅說：「晚飯準備中，等一下。」雖然稱她阿姨，但阿梅與咲蓉年紀相差不過五歲。阿梅年紀雖輕，不過仍具備著恰如其分的穩重。她把包括念高中的長子在內的四個孩子託給故鄉的雙親，和丈夫一起來台灣賺錢。

——A-mei, hō-i lim-tê!（阿梅，倒茶給她喝！）

祖母指著咲蓉對阿梅下令。阿梅邊點頭邊回答祖母「hó，hó（好，好）」。「不用。」咲蓉趕緊插嘴，以中文對阿梅說，妳準備晚餐正在忙，不用幫我倒茶。「bô-iàu-kín（不要緊）」，阿梅以咲蓉聽來也有點生澀的台語回答後，又退回了廚房。祖母便趁機跟咲蓉說悄悄話。

——A-mei sī gōa-séng-lang. I bē-hiáu kóng Tâi-gí.（阿梅是外省人。她不

會說台語。）

阿梅的本名，好像更長也更複雜。可是因為祖母叫她 A-mei，所以對其他家人而言，她也就成了 A-mei。叔父曾說：「媽媽好像把她誤認為別人了。」因為那個「mei」字的發音，可以是「梅」，也可以是「美」或「妹」。咲蓉想像任何一個親戚都無法正確發音的阿梅本名，自己樂了起來。在阿梅的故鄉，肯定飄盪著自己不知曉的、充滿新鮮感的話語聲響，這讓咲蓉覺得一陣激動。

上次回台灣時，咲蓉也聽過祖母這麼說。A-mei sī gōa-séng-lang（阿梅是外省人）。接著還聽到叔父糾正祖母說：

——阿梅不是外省人，她是外國人！

夕陽西沉之際，咲蓉的雙親也抵達了，家中主人叔父夫婦、堂弟也全員集合。如果是平常的週末，住在附近的翠蓉和叔母也會前來，大家圍著圓桌聚餐，不過因為翠蓉和叔母第二天就是新娘和新娘的母親，所以兩人去做美甲，時間拖得較晚，已經通知今晚不會過來吃晚餐。

——小美……育嬰期很忙嗎？

叔父邊從鍋子裡撈雞翅邊問。咲蓉的母親以混雜著台語的中文回答。

——對呀，那個孩子忙著照顧小寶寶。

——現在幾個月大了？

——啊，最近剛滿十個月。沒錯吧，小咲？

母親看著咲蓉的臉。咲蓉一邊嚥著滷肉飯一邊點頭應了一聲。叔母問：「名字叫什麼來著？」母親回答：「叫小晴。」「小晴？」一直聽著大家對話的咲蓉父親開口說：

——千晴。千字後頭加上晴天的晴。日語讀成 Chiharu。

提到自己的第一個孫女，父親一臉自豪的樣子。

千晴，是妹妹笑美所生的孩子——也就是咲蓉的外甥女——的名字。

有一搭沒一搭地聽著交織中文和台語對話的咲蓉，耳邊傳來「多吃一點」的提醒。原來是坐在身旁的祖母。

——不要見外唷。盡量吃。

咲蓉微笑地回看祖母，她雖然這樣說，自己卻幾乎沒吃什麼。祖母環視滿桌子的菜餚繼續以日語說：

——今天應該夠吃吧？以前不管做再多，飯菜總是不夠呢。因為大家都吃得很多。不只爸爸，大家也都是，總是跟我說，媽媽，不夠呀，還想多吃一點……

媽媽，指的大概是祖母自己吧。

這麼一來，爸爸，指的是誰呢？

是祖父嗎？

身為伯父、父親和叔父三人的父親，祖父還不到五十歲就過世了。過世當時，連咲蓉最年長的堂哥都還沒出生。咲蓉在腦海中想像著這位自己僅見過遺照的祖父接二連三地吃光祖母親手做的料理。

在咲蓉聆聽祖母說日語時，父親和他的兄弟們也持續交談。「還不會到處亂跑吧？」叔父說。「趁著還好帶的時候，小美就該把女兒帶來啦。」對於叔父的玩笑話，母親責罵說：「事情哪像你說的那麼簡單！」

不過責罵的聲調中也帶著幾分笑意。「沒想到當年那個小女孩小美也當媽了。」叔母嘆了口氣，繼續感慨地說：「翠蓉也結婚了，我們真的是老了。」「小咲呢？」叔父以台語問道，這時祖母正好以日語說：「菊子對禮儀要求很嚴格呀。」兩人的話重疊在一起。不過咲蓉仍迅速察覺大家的話題轉移到自己身上了。

——這個孩子是貴族啦。

父親插嘴道。

單身貴族。

日語的獨身貴族。

叔父放聲大笑，接著說：「這麼說來，不管日本還是台灣，都沒有想把小咲娶回家的男人，這也算是我們家族的七大不可思議之一啊。」叔父那種誇張的口吻微妙地帶著喜感，咲蓉笑了出來。母親若無其事地吃了幾口米粉，叔母則瞪了一眼自己的丈夫。

——就算結婚也不一定會幸福呀。

之後咲蓉才察覺到，叔母是因為顧慮到咲蓉的心情才這麼說。

——不過小嬸嬸跟小叔叔的婚姻好像很幸福呢。

咲蓉的反應讓叔母困窘地笑了笑，也讓餐桌上籠罩著一陣沉默。

——志豪，下基地的地方決定了嗎？

父親轉向堂弟發問。「嗯，台北……」這麼回答的志豪是祖母最年幼的孫子。

——台北？太好了。

——是呀，在區公所擔任警備工作。

——什麼呀，根本是爽兵啊。而且，聽說現在只要一年就可以退伍了……

咲蓉朝堂弟的座位望去，兩人視線相接，志豪趕緊裝出拚命吃東西的樣子，把眼光從東京來的堂姊身上移開。咲蓉能夠理解志豪的心情，如果只剩下兩個人獨處，咲蓉也不知道要跟志豪聊些什麼好。因此，彼此都留意著避免出現這樣的狀況。志豪大概無法相信，說中文時帶著日語腔的堂姊，其實把他的父親視為年紀大很多的哥哥來敬慕。咲蓉還在台灣的時候，叔父的年紀正好與現在的志豪相當。

——我們那個年代，算算至少要被抓進去兩年。所以現在的年輕人才那麼弱不禁風啊。

——我覺得這是好事啊。代表我們國家變得很和平。

母親特意帶著誇張的語氣說出「我們國家」。

中華民國籍役齡的男子依法必須履行兵役義務。咲蓉或笑美這兩個孩子，如果有一個是男孩，父親大概就會下定決心取得日本國籍。為了讓在日本長大的自家小孩在台灣不用被抓去當兵。

因為生下的都是女兒，所以父親和母親錯過了歸化日籍。

或者該說，因為沒有兒子，所以不歸化也無妨。

咲蓉的雙親，長達二十五年多的時間都以外國人的身分在日本生活。如果歸化日籍，在法律上就必須以外國人的身分在台灣度過餘生。但如果取得日本國籍，父親和母親現在可能還會繼續留在東京吧？

趁著父親退休的契機，雙親回到台灣，至今已快三年。雖然如此，千晴出生以來的這十個月，他們還是經常回到東京。

在祖母家的晚餐結束後，咲蓉跟著雙親回到他們居住的、位於新北市的大樓。在父母開始第二段人生的家中，也有咲蓉和笑美的房間。

捷運上的人潮一開始變多，他們便改搭計程車。

從行天宮回到家，車程大概快一個小時。計程車出發後過了一會兒，父親對咲蓉說：

——別在意。

說的是日語。

——明天說不定還會有其他人像小叔叔那樣對妳說三道四，不過別在意。爸爸和媽媽只要妳健康和幸福，就非常滿足了。

雖然若無其事地坐在一旁，但媽媽也窺探著咲蓉的反應。車上的收音機傳來晚上八點的報時鈴響，越過父親的肩膀，可以看到車窗外明亮的圓山大飯店逐漸遠去。小時候咲蓉曾指著那棟仿中國宮殿的建築，告訴妹妹笑美說：「那裡住著殭屍喔。」笑美也當真害怕起來。結果至少在讀小學那段期間，回台灣時每次經過那附近，她都會閉上眼睛緊緊依偎著父母。對身為姊姊的咲蓉所說的話，笑美什麼都會相信。當年那樣的笑美，如今面對想要抱抱千晴的咲蓉，反而會說「小心別讓嬰兒摔著喔」，曾幾何時，變成和母親一樣的口吻，叮囑著咲蓉。感覺到咲蓉的沉默中帶有其他深意，父親咳了一聲。

——總之，我們覺得只要咲蓉身體健康、生活充實，那就夠了。

父親改以中文重述了一次，母親也點頭贊同。

其實，咲蓉對叔父所說的話，一點也不在意。即便如此，她仍以乖巧的聲調，喃喃地說了句：「謝謝爸爸。」面對早過了適婚年齡的女兒，父母卻仍關懷著她的未來，咲蓉的內心對此抱持著一絲歉意。

即便沒有成為別人的妻子或母親，咲蓉也並未感到不自在。反倒因為沒有成為妻子或母親，所以能夠輕鬆、愉快地過生活。她尋思著，這樣的感覺似乎至少能夠傳達給自己的父母，實在是太好了。此時母親改變話題，問她：「明天要穿什麼衣服？」

「我打算穿那件新做好的海軍藍花呢連身裙，搭配珍珠項鍊。」雙親慶祝她大學畢業所送的珍珠項鍊，咲蓉在姑婆八十大壽的壽宴上也戴過。

那天，姑婆一見到咲蓉就立刻說：

——哎唷，想說妳是從日本回來，還期待妳會穿振袖和服亮相呢，結果竟然穿得這麼樸素……

姑婆張大眼，開玩笑地張開兩手，邊展示給咲蓉看邊說：

——怎麼只戴珍珠首飾。要多戴一些，像我這樣，叮叮噹噹地打扮得花枝招展！

姑婆向著咲蓉，以流暢的日語說：

——聽到沒？成人式的典禮上，一定要穿戴更多漂亮的寶石喔！

咲蓉苦笑著告訴姑婆，要參加成人式的應該是笑美。

——別看我這個樣子，我都已經二十三歲了。

從那之後，已經過了十五年的歲月。

吃晚餐的時候祖母問道：

——姑姑明天也會參加婚禮嗎？

志豪低著頭，其他家人則以困窘的眼神看著祖母。

父親努力以平穩的語氣向祖母解釋：

——媽媽，姑姑已經過世了。前些日子大家才去送她，妳忘了嗎？

叔父以輕鬆的口吻提高音量說：

——媽媽在葬禮上不是還放聲大哭嗎？

不過母親和叔母的表情則顯得僵硬。事後咲蓉從母親口中得知，祖母已經不是第一次問周圍的人「姑姑最近怎麼樣啦？」。

姑婆過世已快滿一年了。

據說阿媽和姑婆從年輕的時候就衝突不斷。作風強硬的新娘對上口無遮攔的小姑。即便如此，在兩個人四十多歲時，分別失去了丈夫和弟弟後，便一直共享著此後的光陰。祖母會忘記姑婆已經過世，也不是太不可置信的事情。畢竟她們一起生活的時間實在太長了。

祖母在咲蓉這年紀時，周圍的親友大多都已不在世上。

——……然後啊，菊子就會命令我喔。別發呆，趕緊把茶端給客人……菊子平常是很溫柔的人，不過生氣的時候很可怕唷。因為我的疏忽對客人失禮的時候，菊子就會發脾氣……

祖母在嫁給祖父之前，曾經到日本人的家中當過幫傭。菊子，就是當時那個家的女主人的名字。

祖母曾經把咲蓉誤認為菊子。

——菊子很溫柔，所以就算像我這麼差勁的日語，也會耐著性子聽我說，換成其他人立刻就會發脾氣說：「喂！妳這傢伙！不會好好說日語嗎！」所以菊子對我那麼溫柔，我實在非常高興……

菊子和她的家人不懂台語。託在公學校學過日語之福，祖母勉強可以聽懂主人一家交代自己做的事。日本人當中也有不給她好臉色看的人，但唯有菊子對她如此親切。

所以她拚了命地做事。

祖母的日語逐漸進步。即便如此，菊子那些跟她年紀相仿的兒子和女兒，總是揶揄祖母說：「阿芋的國語是塗滿泥巴的國語。」阿芋，是他們對祖母的暱稱。

「不過呀，戰爭結束後，日本人大家都必須離開台灣。In chiok-khó-liân（他們很可憐）……」

傾聽著祖母說話的咲蓉，卻無法率直地點頭同意。

（Ná-ū khó-liân?（哪有可憐？））

為什麼台灣人對日本人會如此親切呢？

現在是，以前也是。

台灣，對日本太過親切了。

祖母看著停下筷子的咲蓉問說：

——Ū-pá-bô?（吃飽了嗎？）

咲蓉微笑地對祖母說聲：「Chiok- pá（吃飽了）」，祖母臉上也堆滿了笑容。

她在上大學時以修習第二外語的方式重新學過中文。不過，咲蓉心想，自己從來沒受過台語教育，就算如此，卻仍舊可以理解。毫無理由地，就是能夠理解。只要是透過祖母、雙親、幾位伯叔父和嬸嬸們的聲音所聽到的台語，咲蓉都能確實理解。Sī- án-chóa ē-tàng án-ne（為什麼會這樣呢）？

……一排到「再入國者」隊伍的最後，咲蓉便從口袋中拿出智慧型手機。解除飛航模式的瞬間，立刻傳來 LINE 的簡訊通知。

——姊姊，這次，來參加我的訂婚，謝謝。期待，下次見面。

接著又傳來了一張貓咪貼圖，旁邊還有對話框，以平假名寫著謝謝。

翠蓉在高中時，也自己重新學過日語。

——日本對我而言，不是外國。因為我是在日本出生的。

自己和翠蓉，或許正好相反。從孩提時代以來總是想像著，在台灣長大的自己，和在日本長大的翠蓉……。

「再入國者」的隊伍很短。前面的人完成手續，咲蓉也隨著往前邁進一步。咲蓉拿出護照、登機證以及「在留卡」給東京國際機場的入境審查官。在審查官的指示下，將雙手食指放到指紋掃描機上，並拍攝了大頭照。很快地，對方就把護照、登機證及「在留卡」還給咲蓉。

上陸許可（再）
3. APR. 2017
HANEDA A.P
入國審查官—日本國

台灣和日本。

反覆地「入境」和「上陸」，經過了三十五個年頭。

與雙親不同，自己並非沒考慮過一個人申請歸化日籍。只是，隨著年歲日漸增長，無論是否持有日本國籍，反正自己都像是日本人，事到如今也沒有特別需要歸化，這樣的心情逐漸確定下來。申請時相關手續繁雜，懶得去處理，也是理由之一。反過來想，如果自己連護照也拿日本的，那麼在台灣就變成不折不扣的「外國人」，一方面也是覺得這樣未免可惜了。

不管如何，現在的咲蓉拿著「中華民國」護照，及日本政府發行、記載著「永住者」的「在留卡」，往來於日本和台灣之間，這件事情並沒有造成太多的困擾。至少，過往沒感到太多困擾。現在也是如此。

在領取行李的輸送帶處，咲蓉的行李很幸運地早早轉到了她等候的位置。在稅關審查時報告並未攜帶需要申報的物品後，結束了一連串的手續。咲蓉穿過自動門。

Welcome to JAPAN

欢迎光临日本

잘 오셨습니다

英語、中文、韓語……歡迎訪日旅客抵達東京的文字中，混入了一行平假名。

おかえりなさい（您回來啦）

咲蓉想，看到這行字，代表她終於回來了。這種情感，和咲蓉聽到混雜著台語的中文時一模一樣，她都會伸出雙手接納、懷抱。

邁向聲音的彼方

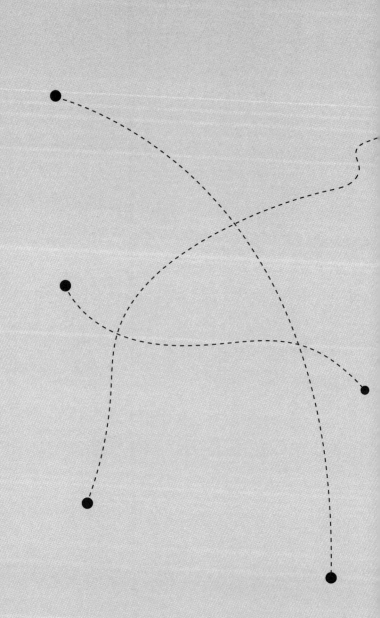

……護照，可以說並非是為了取得進入他國的許可，而是為了返回出身國家時必要且充分的文件。假設該文件被視為正本，那麼所謂護照，就表示持有者無可置疑地擁有進入發行國統治領土內的權利。若考慮到這意料之外的事實，便可理解為何前往海外的旅行者在異地遺失護照時，往往會陷入恐慌。遺失護照除了難以繼續前往其他國家旅行，該不幸的旅行者還將因為沒有護照而不易返回出身國家，甚至可能感受到無法返國的恐懼。這位生命線遭斷絕的旅行者，在這個通行權的發行由國家獨佔的世界中，只能漫無目的地飄泊。

——約翰．托菲

出發前夜，於東京：

二〇一二年二月二十九日，凌晨

被蓋上入境章之際，也印上了四年才會到來一次的日期。想像這個情景的瞬間，我也決定了出發的日期。

將塞滿行李的旅行箱上鎖，剩下的就是出發了。看了看時鐘，日期正好進入了新的一天。在若非是閏年則應迎來三月一日的深夜，我把護照中夾著的一張文件置於桌上。寬九公分、長二十公分的卡式小文件，正中央壓了一條切割線。正式名稱是「再入國記錄 EMBARKATION CARD FOR REENTRANT」。對未持有日本國籍的我而言，如果想要前往「海外」，就必須填寫這張「再入國記錄」。簡單來說，身為外國人的我，從日本「出國」時，必須申告自己有返回日本的「再入國」意願。

我端正坐姿，氣氛宛若進行什麼儀式般，握住了原子筆——這是自己寫日記時喜歡使用的筆。

姓：温

Family Name：WEN

名：又柔

Given Names：YOU-ROU

出生年月日

Date of Birth：Day14, Month 05, Year 80

女

Female

班機名・船班名

Flight No./ Vessel：BR 189

因為電子機票已經備妥在一旁，所以寫到這裡便先喘口氣。

國籍

我的國籍。每當思考關於國籍的問題，我的內心總是一陣波瀾。被日本人問到「妳是哪一國人？」時，我總是聽到自己的雙親回答「台灣人」。因此當我被問及同樣的問題，也會回答自己是台灣人。然而對我究竟是什麼人總是感到疑惑的朋友，也大有人在。其中有些朋友無法區分台灣人和中國人，也有些以為我是韓國人。讓我覺得有點好笑。

——不是啦。因為我不會說韓語呀。

——那妳用的是什麼語言呢？

——中文。

——所以，妳是中國人對吧？

——不對，是台灣人唷。

——Taiwan？講中文卻不是中國人嗎？

唉。這是怎麼回事呢？那是我十歲左右的時候發生的事。在經歷過這段對話後，如今我仍一直居住在日本。

中國（台灣）

「再入國記錄」中，父親和母親的國籍欄位都如此記載。我也一直都是寫「中國（台灣）」。有一次，卻突然想試著寫成「台灣（中國）」看看——有點想要挑戰一下官方的心態。

台灣（中國）

看到我這樣寫，母親笑了笑，而父親什麼都沒說。羽田機場的入境審查官也一聲不吭，連臉色都沒有絲毫改變，淡然地許可了我的「再入國」。和我往常填寫「中國（台灣）」時一樣，順利地獲准「再入國」。真是有點不盡興啊。對日本的入境審查官而言，這點差別想必根本算不上什麼。

我的國籍。我個人所屬區域的國家名稱。思考這件事時，我總是感到動搖。放下手中的原子筆，拿起一旁的護照。我和護照的交往為時已久。算算已經有將近三十年的歷史。大約從三歲以來，護照總是證明著我的身分。保證我是温又柔這個人。從我本人被以日語問及「叫什麼名字？」卻還不會回答「叫 On yuju」的時期開始。從那以來，我從未間斷地持續更新自己的護照。雖然沒仔細算過，但總計應該已經有過十幾冊，我的護照封面上印著「中華民國 REPUBLIC OF CHINA」的金色字樣。在靠正中央的地方——日本護照的話就是印著菊花徽章的位置——繪著太陽形狀的標誌。這是以中國國民黨的黨徽為藍本的「中華民國」「國徽」吧。國徽底下寫著「TAIWAN 護照 PASSPORT」。過往並沒有「TAIWAN」的字樣。開始出現這樣的標記，至今尚未超過十年。

台灣外務省（以下：外交部）二〇〇三年九月一日，發行封面上印有「TAIWAN」字樣的新旅券（以下：護照）。……外交部說明發行新護照的理由，係僅書寫「中華民國」的護照容易與中國護照混淆造成不便。中國方面則以「階段性獨立的舉動」為由加以抗議。

——引自《台灣史小事典》

中華民國（≒台灣）外交部發行的護照。封面上並列著「REPUBLIC OF CHINA」和「TAIWAN」的護照。台灣（≒中華民國）本身，就在「中國（CHINA）」和「台灣（TAIWAN）」之間擺盪著。

「再入國記錄」的國籍欄位旁註記著英文「Nationality as shown on passport」（這類文件上併記的語言不知為何總是英語）。僅是「國籍」的話，應該只要註記「Nationality」即可，為何還要加上「as shown on passport」呢？那麼如果是未持有護照的人，又該怎麼辦？當然，這種情況不可能發生。因為填寫「再入國記錄」，是以從日本出國為前提（不管前往何處）。而出國之際，出示護照是必不可缺的動作。

我重新握好原子筆，於「再入國記錄」的國籍欄位上填寫：

台灣

如今，只要這麼寫便足夠了。父親這麼告訴我。所謂的如今，指的大概是中華民國外交部發行的護照封面上開始印有「TAIWAN」字樣之後。我突然轉念一想，如果我的雙親都是中國人的話呢？父親和母親的護照不是「中華民國」發行，而是「中華人民共和國」所發行時，情況又會如何？我的護照也會是「中華人民共和國」，而我會毫不猶疑地於「再入國記錄」的國籍欄位填上「中國」。大概不會出現現在這樣在「台灣」和「中國」間擺盪的情況吧。腦海中突然跳出「如果……的話」，這種思考模式是我從孩提時期便有的癖好。如果我在自己出生的台灣成長的話……。如果出生就是日本人的話……。如果不是在日本而是在其他國家長大的話……。可能會變成那樣的自己，以及可能不會變成那樣的自己。這樣的思考每每讓我感到杜撰出來的自己，似乎在彼方明滅不定地存在著。對於那些我而言，此刻、存在於此處的我，或許也不過是一個杜撰的存在。我如此想像著。

……無論如何，此刻、存在於此處的我，凝視著台灣的護照，和為了返回日本而填寫的「再入國記錄」卡。不禁想像，如果我不是在日本長大的台灣人，而是同樣在日本成長的中國人，這種時刻是否會去思考台灣呢？我把全部欄位都填好的「再入國記錄」卡夾入護照中。之後就只剩下出發了。

主要渡航地國名，Destination：台灣

署名，Signature：温又柔

第一天，於飛機上：

二〇一二年二月二十九日十點四十分

十點四十五分自羽田出發，十三點三十分抵達台北松山機場 BR 189

裹著毛毯、腦袋迷迷糊糊的時候，我聽到了廣播說明：因為除雪作業，原訂的起飛時間將延後。

雪是在天亮前降下的。到機場之前我還很擔心。早上快七點時，我走出家門。計程車比預定的時間還早十多分鐘就停在馬路旁等我。十天份的行李，覺得這個也需要、那個也需要而塞得滿滿的，無比沉重，因此才預

約了計程車。拉著行李箱的我看起來大概舉步維艱，計程車司機小跑步地趕到我身旁。我看了看柏油路面上披著的薄薄一層積雪，坐進早已為我打開車門的計程車內。因為不常搭車，所以我坐進後座時變得相當亢奮。車子開動之後，我開心地眺望著迅速往遠方褪去的熟悉街景。出發的早晨，覆蓋天空的雲白得眩目。從那些燦亮的白雲中，雪窸窸窣窣地落下。幾個鐘頭之後我將衝破那片雲層，身在空中。

……一旦進入機內，繫好安全帶固定自己後，睡意便瞬間猛撲而來。因為昨晚是出發的前一夜，所以我太過亢奮而沒怎麼休息。早上為了以防萬一吞下的暈機藥也開始展現出眾的效果（副作用就是強烈的睡意！）。我雖然睡意很濃卻不願睡去。尋思至少要撐到飛機起飛為止，意識努力地遊走於夢境和清醒之間。延遲起飛的機內廣播，把我往清醒的一側拉了過來。日語的廣播結束後，也以英語重複了相同的內容。再來是中文，接著是台語。

——In-ūi teh lo̍h-seh, hui-ki ê khí-poe sî-kan iân-āu.....phái-sè.（因為在下

雪，飛機的起飛時間延後……抱歉。）

Phái-sè（歹勢）。在我的感覺中，翻譯成日語時會比較類似「ごめんね」（不好意思）、「すまないね」（對不住）等，比較平易近人的說法。可是這個用語在日語廣播中則會使用「ご了承くださいませ」（敬請您諒解）。Phái-sè（歹勢）。聽到這樣的台語讓我心中有點難為情。對我而言，台語，是在家中輕鬆交談等時刻使用的語言，而不是在這樣的公共場合、必須謹慎使用的語言。過往——至少在我還是小學生的時候——搭飛機時還沒聽過台語廣播。當時台語是被禁用的語言。雖然如此，如今廣播中也流洩著台語。此外，總統也會意識到來自選民投票的直接選舉，而在演說時交織使用台語。二〇一二年一月十五日凌晨，當時確定連任的馬英九發表勝選演說時的情況，我記憶猶新。他不是以中文說「這樣好嗎？」而是以台語說「Án-ne hó-bò?」。

Án-ne hó-bò?

（這樣好嗎？）

……因為降雪導致起飛延後的機內通道上，「客室乘務員」忙碌地來回走動。但不論多麼忙碌，她們都不會失去最基本的優雅。大概一直以來都是這麼受訓的吧。根據母親的說法，小時候被問到將來的夢想是什麼，我都立刻回答「スチュワーデス（Stewardess，女性空服員）」。雖然我完全想不起自己小時候曾經想要當空服員，不過還記得搭飛機時總是保持微笑的空服員親切和我交談的模樣。

——妳幾歲？

——不要哭。

——乖孩子！

穿著紫色制服的「スチュワーデス」，會接連以中文和我們母女交談。我三歲還是四歲的時候，是我們母女倆經常搭乘「中華航空」公司的飛機頻繁往來台北和東京的時期。當時三十二、三歲的母親，只懂得「コンニチハ（你好）、アリガトウ（謝謝）、サヨナラ（再見）」三句日語。而現在的我，已經到了與當時的母親相同的年紀，不知不覺間，方才

提及的客室乘務員——現在據說必須改稱「空服員」（Flight Attendant，フライトアテンダンド）——會以日語和我對話。「長榮航空」公司身穿深綠色制服的「空服員」，肯定不是以乘客所拿的護照，而是以他們的長相或動作，甚至整體的氛圍來判斷。果真如此的話，那可以說是相當妥適的判斷了！

……讓各位久等了，本班機即將起飛……英語、中文、台語……hui-ki bē chún-pī khí-poe（飛機準備起飛）……

台語的廣播結束後，終於要起飛了。壓抑不住焦急的心，我伸了一下懶腰。引擎轟鳴。最令人興奮的時刻終於降臨。飛機跳離地面（這是我的想像）。飄浮在空間之中（這是我身體的感覺）。變得傾斜（這是我的感受）。

（飛翔吧！）

從孩提時代起我就很喜歡這個瞬間。從此處，朝向不是此處的某處前進。這個瞬間招來了清醒中卻能觸及夢境般的昂揚感受。三歲、八歲、十二歲、十七歲、二十歲……只要呼吸到充斥機場中的空氣，就能預感到這個瞬間。預感到這個瞬間，人就彷彿飄浮起來。可是，三十一歲的我的腦海中，卻有一段話甦醒了。

> 一天至少一次，試著想像自己是一個**沒有**護照、在這個地球上生活於**沒有**冰箱和電話的住家裡、**從未**搭過飛機、身為這類人數佔壓倒性多數的群眾之一。
>
> ——蘇珊．桑塔格

懸於空中的飛機終於進入穩定飛航的狀態。傾斜的空間恢復水平。繫緊安全帶的警示燈熄滅，飛機內立刻醞釀出一股生活空間的氛圍。客室乘務員走動著發給大家濕紙巾，大約兩個半鐘頭的空中之旅開始了……因為坐在走道側，顧慮到窗邊乘客的感受，所以我想看窗外風景時只會用瞄的。我確實已經來到比幾個鐘頭前在計程車內仰望的雲層更高的空中。天空蔚藍。天空的天空也很蔚藍。（飛翔吧）。這時我的右手肘被戳了一下，原來是坐在後方席位的英子。我們原本想預約並排的兩個座位卻沒成功，變成了前後兩個座位。她伸手遞過來一張小紙片，我興奮地展開紙片，心想這簡直就像上課傳紙條一般。

——「水果」是什麼意思？

另外還有一行以更小的字書寫的「很像上課傳紙條對吧」。兩個人竟然想著同一件事情，我不禁覺得好笑。我在「水果」旁寫上「くだもの」（kudamono，水果之意），又畫了一顆帶著葉子的蘋果，再把紙片遞還給後座。一面想像著英子恍然大悟的表情，一面玩味著旅行開始的種種。機艙內的空間逐漸充滿了濃厚的生活感，飄來了食物的香氣。我苦惱著要選擇雞肉還是豬肉飛機餐，最終選了鄰座沒選的豬肉。雖然肉質有點硬，不過味道還不算壞。「水果」是蘋果、柳橙和哈密瓜切片各一。用完餐後暫時消逝的睡意又逐漸鮮明地襲來，我終於墜入夢鄉。裹好毛毯、閉上雙眼，夢境與現實的界線又更為模糊曖昧了。

衝破雲層，飛翔空中。

一種在平穩水波中蕩漾的心情。在蕩漾中睡去的個中滋味最是美妙。忘卻蘇珊・桑塔格箴言的我如此幸福。隱約中，察覺了既非中文亦非台語的細語聲響。

於台北松山機場：

二月二十九日十四點

關於「台灣」的發音聲調。

日語中讀到「台灣」一詞時，通常語尾聲調是下降的。將台灣的灣發成平展的語調時，突然就會像中文了。而將T的發音發得混濁一點變成D，以壓抑的低沉音調讀成「Daiwan」，就像是標準的台語發音。

（這不過是我個人的認知）

Taiwa-n，和 Daiwan。

日本出生的妹妹似乎偶爾會感到混亂，不過在台灣出生、兩歲半之前居住在台北、直到四歲的春天進入日本幼稚園為止，幾乎都只聽著中文和台語的我，聽到發音時，瞬間就可以判別何者為中文、何者為台語。可是，當我兒時知悉日語「台灣」的發音後，就變得不再發中文（Taiwa-n）和台語（Daiwan）的音了。面對友人和老師等日本人自然是這樣，但面對在台灣的雙親和親戚時，我也會以日語發音的方式讀台灣一詞。這樣的變化幾乎是在無意識中形塑出來的。自從到日本的學校就學，逐步習得日語的我，在自身未察覺的時間推移中，也日益疏離了自己內在非日語的語音聲響。

……BR 189 班次抵達台北松山機場。終於來到「台灣」啦。如今的我，以日語思考「台灣」這個詞彙時，至少同時內藏了三種不同的音調。才踏離飛機一步，雖然還在建築物當中，卻已經感覺到南方氣息的風輕撫著自己。在東京明明還是寒冷沁骨。接下來將轉搭國內線班機，朝更南方的台東前進。但首先得「入境」。此際我又不得不和英子暫且分開。對排到「外國人」隊伍最後端的英子搖搖手，說聲「待會見」後，我自己走向

「本國人」的隊伍。比起「外國人」，這裡排的隊短上許多。辦理手續時我追過了英子和好幾位搭乘同班機的日本人，排在較短隊伍中好似搶先一步，讓人有些心生內疚。不，只要大方地前進就好。台灣，我，在這裡，並不是外國人。現在手中握著的護照，正是不二的鐵證。

我，在台灣不是外國人。

我最能意識到這份感受的地方，就是機場。特別是在入境移民官的公務檯前。比起其他，這裡是最先檢查到訪者持有哪國護照的地方。以我來說，至少我覺得自己感覺像日本人，但就算我這麼主張又如何？移民官是以我持有的護照判斷我是哪國人。看樣子前面的人已經辦妥手續。我還在躊躇是否跨過等候紅線，移民官則以催促的眼光看著我。說起來，移民官坐在比一般人高一些的公務檯另一側，那個視線，怎麼看都是居高臨下。審查的一方與被審查的一方。身為被審查的一方，我一點辦法都沒有。即便如此（或者該說正因為如此？），我特意擺出開朗陽光的姿態。

——ㄋㄧˇ ㄏㄠˇ。

好似下定決心後牽動嘴角說出的發音，我自己覺得就像是學過中文的日本人的發音。移民官收取了我的護照，並沒有回應我的口頭問好。這個人大概總是這樣確認遠道來台灣的外國人，或者回到此地的台灣人的護照吧。孩提時期，我一直以為飛機只有自己要搭乘的時候才會飛，機場只有自己去的時候才會在。我絲毫沒想過，不管我是否搭乘，飛機每天都會起降；我到幼稚園通學的每一天，也總會有某些人在機場工作。凝視著自己眼前冷靜執行公務的移民官，思考著這就是他的日常，即便現在，我仍感到不可思議。

「溫又柔（ㄨㄣ ㄧㄡˋ ㄖㄡˊ）？」

因為對方以中文叫喚我的名字，我緊張了起來。再怎麼說，雖然是「本國人」，但與一般台灣人的狀況仍有所不同。上頭貼著「東京入國管理局」發行的「居留資格：定居者」、「再入國許可」的護照，萬一出了什麼問題的話……我的心中感到一陣不安。驚惶中抬起頭來，正好與移民官的眼神相接。

「這麼好的名字！」

愣了一下，我淺淺地笑了笑，回了移民官一聲「謝謝」，然後又補上一句「有點不好意思」，移民官的臉上浮現了一點微笑。

「為什麼不好意思？我覺得很適合妳。」

適合？我有點害羞。

「溫又柔不太溫柔！」

我回想起大學時代，中文課同班同學揶揄我的事情。

……我給了移民官一個特別「溫柔」的笑臉並向他說了聲「謝謝」。歸還護照時，移民官臉上瞬間好像也浮現了一絲拘謹的微笑。二〇一二年二月二十九日。就這樣，我入境（回國？）台灣了。自動門打開時，可以隱約看到入境大廳中瞧著這邊的人們，我的父親應該也是其中之一。他說無論如何都想見我一面，所以抽空從公司過來見我。替我命名「又柔」的就是父親。在等候英子完成手續的時候，我還在思考父親是否期望我成為一個「溫柔的人」？

「第一次到台灣嗎？」

父親問英子（至今父親口中的台灣發音聽起來依舊是中文的發音Taiwa-n）。感覺已經好久沒聽父親講日語了。但其實並非如此，父親對我和妹妹都說日語。所以應該說，很久沒聽過父親對日本人說日語了。說不上為什麼，從以前開始，父親的日語總像教科書的會話一般。父親是自己學會日語的，甚至曾熱衷到把教科書整本熟背下來。也因為如此，到現在父親對自己的女兒，也就是我們，仍舊使用「です、ます」的敬體。與在日本生活時只盡量學會最低限度的日語的母親，形成了鮮明的對比。一如我們姊妹喜歡母親有點馬虎的日語，我們也很喜歡父親稍嫌正式的日語……現在回想起來，父親最初渡海到日本時大概是三十歲，竟然比現在的我還要年輕！對當時的父親而言，日本是不折不扣的外國，就像現在台灣之於英子那般。英子對我父親說，她是第一次來台灣。我則向父親炫耀了一下自己的朋友。

「英子的西班牙文說得很好喔。」

說西班牙（スペイン，Supein）的日語時，我特別放緩發音，也準備以中文再說明一次。不過父親完全理解日語發音的西班牙。「真了不起呢！」他笑著對英子說（後來英子告訴我，父親的笑臉跟我很像）。

「英子曾經去墨西哥讀書喔。」

墨西哥（メキシコ，Mekishiko）的日語發音父親也完全理解。「啊，那很了不起呢！」他再次露出笑容。不只西班牙語，英子也擅長法語。只要她想學，肯定也能迅速掌握中文吧。過往曾經流行過一句煽動性的宣傳口號：只要學會中文，就能跟十三億人對話。可是，英子說她購買的是台語的入門書，並不是中文的，而且那也不過是旅行開始的幾週前。她還寫了電子郵件跟我說，雖然完全聽不懂，但光聽ＣＤ的聲音就覺得十分有意思。Daiwan。

……我們預定去台東、蘭嶼、高雄，最後一晚在台北度過。父親說我們台灣旅行的最後一天，他也會來跟我們碰面。距離搭乘前往台東的國內線班機還有一個多鐘頭。英子說，好不容易父女見面了，就好好度過親子時光吧。不過我們父女卻害羞起來。我說：「反正馬上就又能見面了。」父親則說：「爸爸要回公司了。」目送父親離去，我和英子前往國內線的登機口。入口就在眼前，不過排了一排短短的隊伍。就在我們打算排到隊伍最尾端時，正好遇上了趕來的旅行團客人，面對一波接著一波湧出的人潮，我和英子感到有點頹喪，不過抱持著絕對不想和好友分開的高昂意志，我們終於切入了隊伍（接著趕緊回頭向父親搖手道別）。穿過自動門後立刻就是行李檢查。因為是國內線，所以不需要出示護照。一位因為檢查而被擋下的年長男性遵從負責人員的指示，掏著襯衫和褲子的口袋。那位頭髮半白的男性胸口別著一個「歡迎來台灣」的徽章，大概是旅行社發給大家的，許多人都別著同樣的東西。

「奇怪，哪儿有问题（奇怪，哪兒有問題）？」

「您有沒有帶手錶之類的東西？」

聽著頭髮半白的男性和機場負責人員用中文對話，我胸中湧起一陣不安的感慨。

——同胞！

突然回想起在上海被當地的學生如此稱呼時。作為來自日本的留學生，我說的中文比日本人來得流暢，面對稱讚我的學生，我有點膽怯地告訴對方，我出身於台灣，雙親也是台灣人。

——我在台湾出生的，我的爸爸妈妈是台湾的（我是在台灣出生的，我的爸媽是台灣人）。

我面對真正的中國人時，對於表明自己是「台灣人」有所膽怯，是因為我理解中國和台灣之間的複雜關係。那個時候我所遇到的中國人，每當知道我是「台灣出身」的，便立刻稱呼我：

——同胞！

究竟應該如何對應那質樸又親切的直白態度，我總是感到困惑。已經埋沒於記憶中許久的事情，又在台北的國內線登機口被喚醒。衣服或皮包上別著「歡迎來台灣」徽章的人們，是來自大陸的旅行團客人。要轉乘國內線的話，代表他們也預定環島旅行吧……即便如此，來台灣旅行這件事情對他們而言，究竟屬於海外旅行還是國內旅行呢？

「那些人，是中國來的觀光客。」

我告訴英子。好像是這樣呢，英子點著頭回答。

「可以看到寫著大陸同胞。」

我定睛一看，他們手上拿著和護照的形式幾乎完全一樣、寫著「大陸同胞」的冊子。我充滿新鮮感地聽著英子以日文發音的「大陸同胞（dairikudoho）」。使用漢字的，不只有中國和台灣，日本也是。可是中國人不稱日本人為「同胞」。在上海，當知道我不是日本人時，中國人的表情和態度瞬時摻入了親切感，這一直讓我感到困惑。

在候機室放眼望去，另一位同行者田小姐還沒來。田小姐是熟習英語和日語的台灣人，出身於台北。她還是一位研究生，剛提出以日語撰寫的碩士論文。對擅長西班牙語等外語但完全不懂中文的英子，以及雖然身為台灣人但中文大概只有玩具翻譯機程度的我而言，這趟台灣旅行不能沒有田小姐的幫忙。我們向本人詢問是以日語稱呼田桑（Den San）好，還是以中文稱田（Tian）小姐好，她俏皮地回答，自己的名字中有一個「綾」字，所以可以叫她小綾。這不是太合適了嗎？我和英子立刻表示贊成。

十六點四十五分自松山機場出發

預定十七點三十五分抵達台東 B7 857

我在比從東京搭來的國際線班機略嫌擁擠的機艙內，翻開導覽書看地圖。台東位於番薯形狀的台灣島的右下角。我是在台北出生的，到兩歲半為止都住在台北。暑假或寒假時從東京「回老家」，也是回到家族成員如祖父母和親戚們居住的台北。出生在台灣。去一趟台灣。可是我所謂的「台灣」，實際上就只有台北。而我現在正以高速遠離那個台北。此行，對我而言是首次的「台灣」旅行。

於台東：

二〇一二年三月一日

意料之外地豪華。在五星級飯店寬敞單人房的床上醒來。漿過的硬挺床單，只睡過一晚肌膚便感到那股親密舒暢，託此之福，雖然在旅行中——而且還是第一天的早上——我竟然興起一陣感受，想要一直沉浸在這似睡非睡的夢境中。

「台東娜路彎大酒店」是台東唯一的大型飯店。娜路彎是原住民的語言，意思是「你好」和「歡迎」，類似夏威夷的問候語「阿羅哈」。當知道這個名字的意義時，我就想著一定要下榻「娜路彎大酒店」。但畢竟是五星級的飯店，光靠名字就做決定似乎太過奢侈？……不過，首次的「台灣」旅行如果能從這裡開始，應當可以取得一個好兆頭，所以我還是下定決心預定了。也因為如此，預約幾天之後，發現偶然讀到的一本書中竟然出現了「naLuwan」時，我的內心興起一陣悸動。naLuwan naLuwan……大寫的不是N而是L，這點絕對不能看漏。書中一篇充滿魅力、名為〈用筆來唱歌〉的演講稿裡寫到了這個詞。

在沒有電燈的時代，每逢明月當頭，我最愛聽老人家們在院子裡酬答對唱；……這類吟唱，通常以虛詞「na-Lu-wan」引出調子，接著大家輪流填詞，相互唱和。比如底下這一首：

naLuwan naLuwan na iyana-aiyoya-on，……

以上都是虛詞，目的只在決定要唱的是什麼歌。

以上是出身台灣東部卑南族的作家孫大川的話。naLuwan naLuwan。不過現在不是睡覺的時候。推辭重返夢鄉的誘惑，我從娜路彎大酒店的床單上跳起。

意料之外地豪華。早餐是採用歐式自助餐的形式。有中式料理、西式料理，還有台灣料理（清粥、油條、鹹菜等等），一應俱全！因為機會難得，所以餐後的水果我也都想吃台灣特有的，而首選就是「番石榴」。我最喜歡的水果。在台灣稱為芭樂。芭樂的形狀類似梨子，肌理細緻的薄皮為淡綠色，果肉為白色。一般都是仔細沖洗後，就可連皮大口咬下。果肉的味道與梨子相較略帶酸甜，如果熟透了，咬下的瞬間果肉柔軟地迸裂，滲出的甜美果汁讓人難以按捺。回想起來，打從我出生起，最早懷抱眷戀之情的對象就是芭樂。

Teh Jı̍t-pún bē-tàng chè pat-á!（在日本吃不到芭樂！）

小時候我纏著要吃芭樂時，父親和母親曾經這麼告訴過我，他們還對我說「等回台灣會買很多給妳吃」。那是上幼稚園之前，還不清楚日本和台灣的差別時的事情。對我而言，日本就是沒有芭樂的國家。所以大學的時候，聽到出身沖繩的朋友說：「我家庭院有這種樹喔。」我當下震驚不已。朋友既不稱グァバ（guava）也不稱芭樂，而稱バンシル（banshiru），在沖繩似乎就這麼叫，而我是第一次知道這件事情。guava、banshiru、芭樂……。芭樂來自台語，沒有片假名表音的中文以漢字芭樂作為表記。小綾好似想到了什麼有趣的事情，說道：

「芭樂的中文叫什麼妳們知道嗎？叫作 fuanshiryu 喔。」

fuanshiryu？第一次耳聞。

（之後查找了一下，似乎寫作番石榴。正確的發音表記為ㄈㄢˊㄕˊㄌㄧˊㄡˊ）

「沒聽過呢。」

「是啊，一般都說成芭樂。台灣人不會特意說成中文。」

小綾露出惡作劇般的笑容說：

「所以小時候，男生會故意指著芭樂問，喂，那是什麼？」

這是腦筋急轉彎的問題吧。答案不就是芭樂嗎？要是一時不察這麼回答，作弄人的男生們就會得意洋洋地胡鬧吼叫：

——欸，妳說的是台語！

台語，過去是被禁止的語言。孩子們在小學校園內除了規定的中華民國「國語」之外，禁止使用其他語言。而對台灣人而言，國語以外的語言，主要就是台語（嚴格來說稱為閩南語）。這樣的事我至今不知聽過幾次了，在書上也讀到過。回想起來，雙親聊起兒時回憶時，總會提到這件事情。台語，不是在其他地方，正是在台灣被禁。而且聽他們說的時候也隱約知道，那並不是許久以前的故事。現在聽到小綾這麼說，我才深切感受到這真的是直到最近都在發生的情況。小綾說：

「到我小學二年級的時候都還是這樣。」

小綾出生於一九八三年，比我小三歲。

——溫又柔，妳說這個是什麼？

——真是無聊，當然是芭樂啊！

想像中的我，完全掉入了同學的惡作劇陷阱當中。欸，妳說的是台語……為了不被告狀，就必須說中文的「番石榴」，而不是「芭樂」。我的芭樂，竟然還有個「番石榴」這樣的中國名字。心中不禁升起一陣感慨。如果我在台灣成長，是否仍會像今日這般愛好這種水果呢？芭樂在台灣算是非常普遍的水果，一年到頭各處都可以看見。嘴饞的話，任何時刻都可以一飽口福，一點也不珍貴。不過，對我這個在日本長大的台灣人而言，卻是我最喜歡的水果。在台灣延續長達三十八年的戒嚴令解除的那年，一九八七年，小綾四歲，我（和英子）七歲。日後，台灣的政府逐漸導入「雙語教育」，也就是採行中文和台語等其他各族群語言並行教學的教育方針。

「升上三年級，方針突然改變，還辦起了母語演講比賽。」

好像有許多人主張，政府所禁止的語言「台語」，才是台灣人的母語，並苦心盡力推動所有的台灣人積極學習台語。番石榴登場的機會消失了。

滿腹豪華歐式自助餐的我，終於走進了台東的市鎮。

*

中華民國政府所禁止的，不僅只台語，在禁用語言之列，尚有日語。孩提時代的我，對於居住在台灣的祖母、外祖母日語竟說得比居住在日本的雙親還好一事，幾乎未曾感到疑惑。對我而言，感受祖母和外祖母以日語歡迎我的那股喜悅，是件理所當然的事情。直到大學畢業，開始思考「日本人究竟是什麼」這個命題時，我才開始大量思索在歷史形塑過程中及當時的政治局勢下，祖母、外祖母所踏走過的人生。有一段時期，我甚至對用日語和祖母交談帶著抗拒。但就算如此，我又當以什麼語言和祖母、外祖母對話呢？是和堂表兄弟姐妹們一樣說中文？抑或和雙親、伯叔舅父母們一樣講台語？中文、台語和日語。快八十歲的祖母和外祖母面對這些語言，已逐漸能充分理解。越是明白造成這等狀況的歷史背景，在祖母面前的我就更形沉默。然而無論我自身是否糾結於此議題，面對在日本長大的孫女，祖母仍舊以日語和我交談。

——回來啦，辛苦囉。這段期間，正忙著讀書吧……如果找到空檔，要多回來讓我看看妳唷。

時至今日，我已經整理好自己的心情，祖母樂意我用日語和她交談，我則坦然接受她的好意。我也會以日語跟祖母撒嬌：奶奶我回來了。我好想見您。您身體好嗎？如果我的感知無誤，我覺得祖母和外祖母也都樂於以日語跟我們姊妹交談。最近，能用日語和祖母對話的人又增加了一個，那就是我的丈夫。

——奶奶，他是我的老公喔。

我忘不了第一次介紹他時，外祖母所說的話。

——如果那個人還活著……他啊，最喜歡跟日本人聊天了。

那個人，指的是我十六歲時就過世的外祖父。如果還在世，就快九十歲了。外祖父非常疼我這第一個外孫女，根據母親的說法，外祖父「頭腦聰敏，受過良好教育。所以討厭國民黨」。

祖父曾在日語還是「國語」的時代接受教育。之後取代日本統治台灣的國民黨禁止使用日語時，「受過教育」的祖父心中，不知做何感想？來訪東京的祖父，曾經讓剛上日本幼稚園的我坐在他的大腿上，為我讀繪本。《桃太郎》、《浦島太郎》……使用著被政府禁止的語言為孫女讀故事書，那又是一種什麼樣的心境？

……唉呀。我為什麼會想起這樣的事呢？看著走在前頭的小綾背影。

英子則拍攝著路旁盛開的花朵。東京飄雪的翌日，在台灣，正午過後的台東，即便穿著短袖也覺得炎熱。天空雖有薄雲，但日頭如此明亮。我們漫步在如今已經廢棄的鐵軌上，一面說著這好像電影《伴我同行》的場景，一面邁出步伐前進，目的地是台鐵台東線的終點站——台東舊火車站。至二〇〇一年為止一直稱為台東火車站的這個遺址，現今轉型為藝術村。比起觀光地的藝術村，感覺上稱為舊火車站或停駛路線更能挑人心弦。我想去看看長久以來作為終點站迎接大量旅客的車站建築。已經不再有列車奔馳的鐵道遺跡，如此靜謐。或許因為不是旅遊的旺季吧，除了我們之外幾乎沒看到像是觀光客的人。途中只有與當地帶著小孩的居民擦身而過（當我問候了一聲你好，對方則回以靦腆的笑容）。台東這整座城鎮不經意飄盪著一股沉靜的氣息，讓人身心舒暢。當然，我也必須自覺，這是與我僅知的台灣——也就是台北——比較後的判斷。雖然旅行才剛開始不久，不過我很快感覺到自己已經確實進入台灣的深處。有人告訴我，台東是日本統治時代打造的城鎮，相較於其他台灣城市，保存了更多原本的風貌，也因此對日本人而言，充滿了更多能引發鄉愁的風情。不過當地的植物顯然不是日本的，腳邊枕木和枕木之間生長的野草，豔綠到令人瞠目，這是熱帶植物的色彩。台東屬於熱帶，過往奔跑於這條路線上的，是連結花蓮和台東的台鐵台東線。從花蓮出發的列車一面瞭望東海岸（太平洋），一面朝台東站奔馳。想到這條以起點與終點地名來命名的花東線，列車橫跨北回歸線從亞熱帶進入熱帶，就讓人覺得有些亢奮。從花蓮到台東。我想從連結花和東的列車車窗眺望折射日光的瀲灩大海。即便如此，我竟然沒去花蓮，而先抵達了台東——因為搭乘了從台北直達的班機！飛機壓縮了時間，將空間和空間轉化為點和點的關係。在這樣的情況下，反而令我想搭乘火車行走同樣的路線，嘗試線狀的移動。正這麼想的同時，看到了左手邊某棟有煙囪的建築物。我想應該是一座工廠吧，結果果然沒有錯，不過現在已經停工了。所以嚴格來說是工廠的遺跡，據說是日本統治時代的製糖工廠。

甲午戰爭（原作者註：日文稱「日清戰爭」）後，日本取得台灣並設立台灣總督府，展開了為期五十一年的殖民統治。……

台灣成為日本米、糖的供給地。日本統治後期推動工業化，將

台灣打造成日本的南進補給基地。

（《台灣國民中學歷史教科書　認識台灣》）

我把這樣的狀況當作一種知識來理解。但理解歸理解，親眼看到那個時代留下來的工廠本身，我還是呆立了半晌。殖民地與砂糖。在胸中引發騷動的組合。殖民地與鐵道的組合也是如此。站在日本人鋪設的、已經停駛的鐵軌上，抬頭看著過往日本人所擁有的製糖工廠，心中湧出沸騰般的感受。

——即便是第一次看見，卻如此懷念。的確會引發鄉愁……

不許任意地懷舊！

衝上心頭的，是這句日語。這句話也是一句警戒，對自己而不是他人。台灣，特別是想到台灣還是日本殖民地的時候，我的心情就極端地接

近日本人。殖民地和砂糖。殖民地和鐵道。惹起心中騷亂的，是一種身為日本人的內疚之情……會思索這些事情的自己，大概是個「無趣」的旅人吧。枕木間生長的雜草映著日光，更是綠得發亮。小綾說「我們去那邊看看吧」，順著她指的方向望去，是一個小而整齊的月台。好懷舊。我心中立刻湧出這樣的情感。沿著停駛的鐵軌孤單矗立的，是非常樸素的月台，就只有提供終於到來的列車旅客上下車的機能而已。我試著站上沒有屋頂、暴露在戶外的月台，光是這樣就感到一陣爽朗。宛如搭乘長途列車長久搖晃後，雙腳終於踏上地面般。月台上的看板寫著「馬蘭」的字樣。過往終點站的前一站，小小的廢棄火車站。聽說與方才看到的製糖工廠有著密切的關係。馬蘭，也是一個背負著歷史的車站。

縱貫台灣的鐵路開通，是在一九〇八年。為了經營殖民地，日本人考量到鐵道必不可缺而加以鋪設。第二次世界大戰結束後，承接日本的台灣總督府鐵道的，則是台灣鐵路管理局。台灣鐵路管理局，是中華民國交通部所經營的國有鐵路管理單位，相當於日本的國土交通省，通稱台鐵。我在心中重新思考著這個不是寫成現代日本漢字的「台鉄」（Taitetsu），而是中文「臺鐵」的瞬間，喚醒了久遠的記憶。雖然模糊，但我確實記得那個中文的發音。孩提時代總是搭乘臺鐵，從台北前往高雄。雖然記憶不甚清楚，但仍記得母親曾說過這樣的事情——高雄是台灣南部最大的都市。我的外祖母，在嫁給外祖父之前，一直都在南方的港都生活……我想像著當年比今天的我更為年輕的外祖母，從類似這樣的月台搭乘火車的模樣。外祖母所搭乘的列車，通過北回歸線，也跨越過濁水溪，一路朝北前進。終點站是當時被稱為Taihoku（譯註：台北的過往日語發音）的台灣北部首府。

……又想起了祖父母、外祖父母的事情。只要我人在台灣，就會忍不住想起他們的事，就會想要溯時而上。我自己，在旅程中是否不願仔細端詳當地的景致呢？心中突然冒出一陣不安。這樣的話，不就跟待在東京家中做白日夢沒什麼兩樣了？如果這趟旅程只是我白日夢的一部分，那我又是為了什麼長路漫漫地從日本來台灣呢？不要害怕旅行會啃噬破壞我的夢境。我邊深呼吸邊在心中重新下定決心。

從馬蘭到台東舊火車站大約有二．四公里。我們繼續走了一段時間，聊著午餐要去吃點格外美味的東西。就在那個瞬間，沒錯，就是想起食物的瞬間，旅行的現實感一口氣湧了上來。那股具體的歡愉是如此強大。能踏上這趟旅程實在太好了。昨夜吃晚餐時，我也細細玩味著這個想法。餐廳裡大概都是當地人在用餐，非常熱鬧。我們吃了以台東名產金針花烹調的料理。金針，這名字好像吃的時候會被針扎到一般，我們享用了這種食材煮的湯，相當清爽美味。另外還點了豬肉炒山菜、貢丸湯等，熱騰騰地飽餐一頓。我拿湯匙舀起碗中的貢丸並對英子說，自己小時候會拿一支筷子插著貢丸咬。小綾笑著說，我也是這樣子。英子聽了，表示也想試試。單手拿著插著貢丸的筷子，英子滿臉笑容。即便沒有喝酒，仍微醺般地歡暢不已。我們以日語大聲交談，誰也不在意。已經是晚上九點左右，店內仍有許多帶著孩子一同前來的客人。我們隔壁桌也有小學低年級的女孩和四歲左右的男孩。男孩向他母親吵著：「給我紙嘛，我想要畫畫！」聽著男孩以天真的聲音要求母親，我也想起自己小時候經常以同樣的方式說話。

——ㄨㄛˇ ㄧㄠˋ ㄏㄨㄚˋ ㄏㄨㄚˋ！

對當時的我來說，語言，就只是聲音。心中想要畫圖時，就發出ㄨㄛˇ ㄧㄠˋ ㄏㄨㄚˋ ㄏㄨㄚˋ的聲音。為了表達想畫圖而把發出的聲音「我要畫畫」寫下來，當時的我根本無法想像。人，只要想說話，總是或多或少能說出口。但對於書寫，則無法如此。書寫必須從記憶文字開始。我最初記得的文字（與許多日本人相仿）是平假名。因此，當我得知語言可以書寫，是透過平假名達成的。平假名、片假名，以及漢字。提到文字，我是先記得日語文字，才知道中文。知道畫圖的中文可以寫做「画画」，已經是我十八歲時的事了……男孩的母親從皮包裡拿出類似塗鴉本的冊子和鉛筆。ㄨㄛˇ ㄧㄠˋ ㄏㄨㄚˋ ㄏㄨㄚˋ。母親應允了男孩的要求。或許再過個兩、三年，他就知道如何把自己所發出的聲音寫成「我要畫畫」了吧。七歲，或者是八歲的時候，最遲九歲左右。ㄨㄛˇ ㄧㄠˋ ㄏㄨㄚˋ ㄏㄨㄚˋ。「我要画画」。比起那個男孩，我晚了十年才終於知道的中文字，是台灣不使用的簡體字。

繁體字和简体字。

是的。中文裡有兩種文字。「我要畫畫」和「我要画画」。ㄨㄛˇ 一ㄠˋ ㄏㄨㄚˋㄏㄨㄚˋ。發音完全相同竟然也有兩種文字？

……結果，我還是陷入了沉思。關於聲音，關於文字。關於書寫聲音。邊走路邊思考。不，是忘我地喋喋不休。對英子和小綾。講述昨天的事情、孩提時代的事情。一邊說，一邊思考。我們終於來到了目的地，台東鐵道藝術村。走了這麼段路到底是有些累了，我們尋找陰涼處，朝著活化再利用而成藝廊的車站房舍前進。周圍依舊一派閒散的氣氛。雖然沒什麼人煙，心情反而感到輕鬆舒暢。藝廊當天休館，廊柱上綁了無數的紙箋，那些是半張的藝廊入場券，設計別有一分雅緻。印刷著「台東鐵道藝術」的入場券背面是素面的，每一張上頭都有人們各自手寫的文字訊息或者日期、名字。如果我進去參觀的話，大概也會試著留下紀念吧。例如「於台東，和英子、小綾。温又柔 二〇一二年三月一日」。站在一旁的英子發出「啊！」的一聲，朝著我們綻放出笑容。是西班牙文寫的短箋。我們注視著英子手指著的短箋。

——Desear poder Volver a Taiwán algún día a ver a mis Amigos.

寫這短箋的人是從何方遠道而來呢？西班牙？墨西哥？或者，其他的地方……無論如何，有人以西班牙文綴連成文寫下到此一遊的紀念。短箋的文字就是那個人留下的痕跡。不知他是否想像過，有人在閱讀之後，會在內心冒出不可思議的昂揚，歡欣地以日語說出：「是西班牙文！」文字，是語言的痕跡。我領會到日文的「寫（書く）」和「搔（掻く，譯註：有挑起、挑撥之意）」的發音是相通的（想到如果英子不在現場，我們或許就不會知道這是西班牙語，讓我更加亢奮。事後英子告訴我，短箋上的西班牙語含意如下：將來想再回到台灣，和朋友們相會）。

*

混雜著各種水果的酸甜芳香，芬芳滿室。台東是著名的水果產地。我在一家小餐廳裡，這家餐廳就位於水果攤林立的馬路上。說是餐廳，其實靠馬路的那一側連門都沒有，極類似路邊攤。裸露的水泥地板上，隨意擺著大約三張塑膠製的圓桌。我在其中一隅等候。晚餐點了蛋炒飯，此刻可以聽到和聞到廚房快炒的聲音和香味。小綾和英子正在隔壁的商店購物。因為走了一整天，晚上打算在旅館休息。所以漫步經過路邊攤，就順便一點一點地買些美味的餐點回去。餐廳的牆上有供奉土地公和媽祖的神龕，赤紅的蠟燭和裝盛的水果，鮮豔的顏色組合如此華麗。不過比神龕更引人注目的，是佔據一旁的最新型液晶電視。我抬頭盯著亮晶晶的液晶螢幕，上面顯示出台灣全圖，播報員正在解說氣象資訊。報導完全國天氣之後，出現了台東地方的地圖，其中也包含了蘭嶼。蘭嶼是位於台東東南方約九十公里海面上的小島。人口的九成是由台灣唯一的海洋民族達悟族所組成。阿優依（Ayoi），我在心中喃喃。達悟族的見面問候語。是我那天下午在國立台東大學的圖書館中翻閱「達悟語」教科書時，背下來的一句話。阿優依，下次要說出口試試。對我而言，發出過往未知的語言聲響是一大樂趣。小時候在祖母家或伯母家，也是這樣在混雜著線香和食物香味的空氣中，等待著晚餐。家中充滿了台語和中文，但這並不是迴響於台灣的所有語言。阿優依。在台灣，還有台語和中文以外的語言。Ponso No Tauo。人之島。達悟一族的人們，這麼稱呼他們自己的島嶼蘭嶼。Ponso No Tauo。

……大概是凝視漂浮在台東東南方的蘭嶼太久，記得天氣預報結束時，我覺得台灣本島是如此巨大，給我一陣目眩般的感受。在日本列島的南方以南，孤懸於海上的番薯型島嶼。位於中國大陸一旁的島嶼。一直以來都這麼認為，但此刻我領悟到，台灣比我以為的更大、更複雜。在那之後我再次深切地如此感受到。這裡是台灣。

首次刊登

〈機場時光〉——《文藝》，二〇一七年冬季號

〈邁向聲音的彼方〉——《昴》，二〇一二年八月號

〈邁向聲音的彼方〉參考文獻

- 約翰．托菲（John Torpey）著，藤川隆男監譯，《パスポートの発明　監視・シティズンシップ・国家》，法政大學出版局，二〇〇八年。
- 吳密察監修，遠流台灣館編著，橫澤泰夫編譯，《台湾史小事典》，中國書店，二〇〇七年。
- 蘇珊．桑塔格（Susan Sontag）著，木幡和枝譯，《良心の領界》，NTT出版，二〇〇四年。
- 孫大川、浦忠成、瓦歷斯．諾幹、利格拉樂．阿媽、董恕明著，下村作次郎等編譯、解說，《台湾原住民文学選8　原住民文化・文学言説集I》，草風館，二〇〇六年。
- 國立台灣編譯館主編，蔡易達、永山英樹譯，《台湾国民中学歴史教科書　台湾を知る》，雄山閣出版，二〇〇〇年。

譯後記

在「表象」和「潛象」之間

本書收錄了作者的十篇短篇小說及一篇隨筆。創作的中心，仍保持作者一向關注的語言問題，不過，對語言探索的執著，其實映照著整個思索台日種種的龐大歷史脈絡。小說和散文提及的內容，從日本統治時代、歷經七〇和八〇年代的高度經濟成長期，一直到今日為止，跨度相當長遠，而潛藏的脈絡，也相對複雜。

作者的寫作風格，並不會去刻意讚揚或貶抑某些想法或言論，而是誠實地面對自我，省察歷史脈絡，以一個當代「生活者」的角度和態度，把從父執輩乃至自己周遭發生的狀況娓娓道來。因此當我們閱讀的時候，不能斷章取義地擷取一段話語，就直指作者「褒獎」或「批判」某個時期，如果拿一段話就說「作者贊成／批評什麼」，那大概是丟失了什麼脈絡，誤會什麼了。

本書的創作也延續之前《來福之家》與《我住在日語》的形式，前者為小說，後者為隨筆，而這兩部作品其實互為表裡，甚至可以視《我住在日語》為《來福之家》的後設作品。但無論何者，作者皆仔細梳理、自省所處環境。同樣地，本書也有這樣的傾向，最後的隨筆反映著一個在國外成長的台灣子女，如何努力踏尋自己與父母的故鄉（大部分與作者相同處境的人大可無需如此探索），因此某些對台灣讀者而言理所當然，讀了會覺得「這還需要解釋？」的部分，其實是一個他鄉「生活者」，一個既是他者又是我族的珍貴體驗與省思。或許，透過作者的眼睛，我們可以看到自己鄉土的另一番風情。又或許，能夠如此體察，才能看到作者故事中的深層意境（套用作者的話，也就是「温又柔不太溫柔」的部分，不願意向世俗風潮妥協的定見），也或許，能為我們心中激起對自身所處之地，更為客觀的關懷之情。

MUSES

機場時光

作　　者：温又柔
譯　　者：黃耀進
發 行 人：王春申
總 編 輯：李進文
責任編輯：林蔚儒
美術設計：張巖
內文排版：菩薩蠻電腦科技有限公司

業務組長：陳召祐
行銷組長：張傑凱
出版發行：臺灣商務印書館股份有限公司
23141 新北市新店區民權路 108-3 號 5 樓（同門市地址）
電話：(02)8667-3712　傳真：(02)8667-3709
讀者服務專線：0800056196
郵　　撥：0000165-1
E-mail：ecptw@cptw.com.tw
網路書店網址：www.cptw.com.tw
Facebook：facebook.com.tw/ecptw

局版北市業字第 993 號
初　　版：2019 年 10 月
印　　刷：沈氏藝術印刷股份有限公司
定　　價：新台幣 300 元
法律顧問：何一芃律師事務所

國家圖書館出版品預行編目 (CIP) 資料

機場時光 / 温又柔著 ; 黃耀進譯 . -- 初版 .
-- 新北市 : 臺灣商務 , 2019.10
192 面 ; 14.8×21 公分 . -- (Muses)
ISBN 978-957-05-3227-2(平裝)

861.57　　108012827